무^한의
오^로라

무한의 오로라

초판 1쇄 인쇄 · 2024년 6월 10일
초판 1쇄 발행 · 2024년 6월 15일

지은이 · 이하언
펴낸이 · 한봉숙
펴낸곳 · 푸른사상사

주간 · 맹문재 | 편집 · 지순이 | 교정 · 김수란, 노현정 | 마케팅 · 한정규
등록 · 1999년 7월 8일 제2-2876호
주소 · 경기도 파주시 회동길 337-16 푸른사상사
전화 · 031) 955-9111(2) | 팩스 · 031) 955-9114
이메일 · prun21c@hanmail.net
홈페이지 · http://www.prun21c.com

ⓒ 이하언, 2024

57
푸른사상
소설선

무한의
오로라

이하언 소설집

푸른사상
PRUNSASANG

매달 집으로 오는 『현대문학』을 손꼽아 기다렸던 어린 시절이 있었다. 그 문예지에 연재되는 소설 『토지』를 읽기 위해서였다.

소설의 배경인 '평사리'는 당시의 내게는 달나라만큼 낯선 장소였다. 하지만 그곳에서 살아 숨 쉬는 인물들은 금방이라도 나타날 듯 생생했고 그들의 목소리도 귀에 들리는 듯했다. 어린아이도 이해할 수 있을 만큼 쉬운 언어로 사람들의 내면을 깊숙하게 들여다본 그 소설에 나는 매료되었고 책이 오는 다음 달을 기다리는 시간은 너무 길었다. 그래서 그들이 사는 평사리 마을 속으로 몇 번이나 다시 들어갔던 기억이 지금도 선하다.

내가 소설가로 첫발을 내디딘 것은 『평화신문』 신춘문예 당선에 이어 같은 해에 토지문학제의 평사리문학대상을 받으면서였다. 세상의 때가 묻지 않고 순수했던 시절, 소설 『토지』 속에 살아 움직이던 수많은 인물들에게서 받았던 감동들이 나를 결국 소설가의 길로 이끌어준 것이 아니었을까.

소설은 사람을 이야기한다. 그리고 무수히 많은 사람들이 세상에 왔다가 사라져갔다. 가까이 지냈을 수도 있고 서로의 존재조차 모르고, 만남은 물론, 스쳐 지나가는 인연도 없이 다른 환경에서 다른 방식으로 살았을 수도 있는 사람들도 있다. 하지만 그 모든 사람들이 씨줄 날줄처럼 얽혀서 알지 못하는 사이 서로 영향을 받으며 이 세상을 이루어왔다. 생각해보면 참으로 경이로운 일이 아닌가.

사람이 사라지면 기억도 사라진다. 흔적을 남기기도 하지만 모두 다 그렇지는 않다. 남긴 것조차 시간의 흐름에 따라 변질되기도 한다. 우리가 사실이라고 믿는 것들의 뒤에는 실상 얼마나 더 많은 사연들이 변하고 지워지고 숨겨져버렸을까. 사람들은 자신들에 대해 어느 정도까지 이야기해낼 수 있을까.

내가 글을 쓰는 것은 언어로는 도저히 다 표현할 수 없는 내면들을 드러내보고 싶어서이다. 또한 세월이 지워버린 많은 이야기들, 어디엔가 다른 모습으로라도 남아 있을 존재했던 흔적을 되살리고 싶어서이다.

이 소설집 속의 시간은 고대로부터 현대까지 넘나든다. 등장인물들은 존재했고, 혹은 존재했을 법하고, 앞으로 존재할지도 모를 사람들이다. 나는 그들이 만들어내었을, 하지만 알려지지 못한 이야기들의 가치를 찾아보려고 노력했다.

글을 쓰면서 나는 새삼 깨닫는다. 사람들이 얼마나 자유를 추구했고 얼마나 생명을 소중히 여겼는지, 그리고 인간 존엄성을 지키려 했던 부단한 노력들도.

나는 그것들에 대해 계속 써보고 싶다.

2024년 봄
이하언

차례

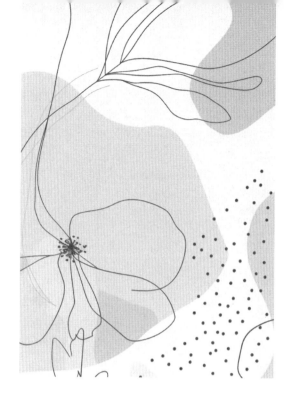

개

개

구덩이는 좁고 길게 이어졌고 중간에는 물이 고여 있었다. 양 가장자리에는 엉성하게 잡풀들이 자라 있었는데 그 잡풀 속에 개는 원래부터 구덩이의 한 부분이었던 것처럼 스며들어 있었다.

에어비앤비를 찾아가던 길이었다. 숙박비가 싸서 선택했는데 대신 교통이 불편했다. 페트로나스 쌍둥이 빌딩 부근에서 버스를 두 번 갈아타야 했고 내려서도 한참을 더 걸어 들어가야 했다. 나는 핸드폰을 손에 들고 구글 지도가 지시하는 방향으로 걸었다. 비포장도로였고 인도도 따로 없었다. 불쑥불쑥 고개 내민 돌부리가 시멘트에 익숙했던 발바닥을 당황시키기도 했지만 도시에서는 느낄 수 없던 자유로움이 나쁘지 않았다.

길 오른쪽은 야트막한 산이었다. 산등성이에는 아열대 활엽수들이 빼곡했다. 왼쪽은 평지에 잡목들이 줄지어 있었다. 잡목 뒤로 드문드문 집들이 보였다. 널찍한 공간들을 차지한 2~3층 정도 높이의 집들이었다. 벽에는 원래는 밝은 색이었을 거 같은 색 바랜 페인트가 비늘처럼 일어나고 있었다. 아예 페인트가 한 뭉텅이 뚝 떨어져 나가 검회색 시멘트 벽을 을씨년스레 드러낸 집들도 있었다.

도로는 차 두 대가 넉넉하게 엇갈려 지나칠 수 있을 정도의 폭이었다. 나는 가장자리에 바짝 붙어 길을 걸어갔다. 이따금 차가 지나가며 흙먼지를 일으키고 오토바이는 굉음과 매캐한 매연을 떨어트려놓곤 멀어졌다.

띄엄띄엄 보이던 집들이 사라져갔다. 저만큼 앞길 가장자리에 경고 표지판이 보였다. 주위로 노란 플라스틱 기둥을 세워놓고 노란색 비닐 띠를 둘러쳐놓고 있었다. 구덩이가 길을 따라 파헤쳐져 있었다. 가로 2미터 정도에 세로는 대략 4~5미터는 됨직해 보였다. 경고 표지판에 적힌 말레이시아 글자를 읽을 수는 없지만 도시 기반시설 같은 걸 묻으려는 거 같았다.

구덩이를 피해 나는 길 중앙 쪽으로 걸음을 옮겼다. 다니는 차는 많지 않았지만 그런 만큼 차들이 속력을 줄이지 않아 조심스러웠다. 뒤에서 클랙슨 소리가 들렸다. 차를 피해 나는 구덩이 쪽에 더 바짝 붙어 섰다. 하얀 차가 옆을 스쳐 지나갔다. 말레이시아 자국차 마이비였다.

차가 남긴 흙먼지로 멀어지는 차의 뒤꽁무니가 흐릿하게 보였다. 캑캑, 기침을 하는데 어디선가 희미한 소리가 들렸다. 둘러보았지만 소리가 남직한 것은 없었고 눈에 보이는 것은 경계 표시의 노란 띠와 산등성이에 빼곡한 아열대성 활엽수들뿐이었다. 걸음을 떼려는데 다시 작은 소리가 들렸다.

낑낑…….

구덩이 쪽이었다. 잠시 서서 귀 기울였지만 더 이상 소리가 나지 않았다. 가서 확인해볼까 잠시 생각했지만 쓸데없는 호기심을 갖지 않기로 했다. 걸음을 내딛는데 다시 소리가 들렸고 동시에 어떤 목소리가 나를 붙들었다.

낑낑…….

언니…….

찬물을 뒤집어쓴 듯 등줄기가 선득해졌다.

나는 몸을 돌렸다. 테이프를 들어 아래로 허리를 숙여 들어갔다. 가까이서 본 구덩이는 밖에서 본 것보다 훨씬 깊고 위태로웠다.

거의 수직으로 파내려 가서 아래를 보려면 상체를 숙이고 고개를 있는 대로 뽑아야 했다. 구덩이 바닥은 물이 고여 있었고 진흙과 돌멩이들 옆으로 잡풀들이 삐죽삐죽 자라 있었다. 훑어봐도 달리 움직이는 것이 보이지 않았다.

발견한 것이 없어서 안도감을 느꼈다. 허리를 폈다. 몸을 돌렸다. 소리가 나를 붙들기 전에 얼른 떠나고 싶었지만 늦었다.

낑낑…….

더 이상 모르는 척할 수 없었다. 나는 구덩이 앞에 무릎을 꿇고 앉았다. 손으로 구덩이 턱을 짚고 고개만 빼내어 구덩이 아래 고인 물과 잡풀들을 훑어보았다. 그때 나는 잡풀들 틈에 반짝이는 두 개의 검은 구슬을 발견했다. 작고 검은 개 한 마리가 잡풀 속에 웅크리고 앉아 두 개의 눈을 반짝이며 나를 올려다보고 있었다.

길이는 한 30센티쯤 될까, 눈썹 부분만 하얀 털이 있는 검은 개였다. 털은 짧았고 비글 비슷한 모양이긴 했지만 잡종인 듯했다. 태어난 지도 오래되지 않았을 거 같았다.

웅크리고 앉은 강아지가 움직이는 건 오직 나를 향한 눈동자뿐이었다. 그 눈과 마주치지 않았다면 이번에도 발견하지 못했을 것이다.

하지만 강아지를 꺼내줄 수는 없었다. 족히 내 키 정도로 보이는 깊이의 구덩이였고 가파른 벽에는 군데군데 돌부리들이 드러나 있었다. 한번 빠지면 강아지만이 아니라 사람도 스스로의 힘으로는 빠져나올 수 없을 것이다.

구하려면 사다리 같은 것이 필요했다. 주위를 둘러보았다. 아열대 지방이라 나무는 많았지만 당연히 사다리 같은 건 없었다. 죽어서 떨어진 나뭇가지들은 있었지만 쓸 만한 길고 튼튼한 통나무는 없었다. 운 좋게 찾아낸다 해도 소용없는 일이었다. 구덩이에 걸쳐준다고 해도 강아지가 나무를 딛고 올라올 수는 없을 테니까. 나 역시 외나무를 타고 내려가 강아지를 안고 올라올 만큼 발달된 운동신경을 가지지 못했다. 안타깝지만 내가 해줄 수 있는 일은 아무것도 없었다.

강아지는 나를 지켜보고 있을 뿐 애원하지도, 구해달라고 낑낑대지도 않았다. 그러나 나는 선뜻 자리를 떠날 수가 없었다.

저만큼 차가 한 대 달려오고 있었다. 나는 간절한 마음으로 차를 보았다. 운전자가 호기심이 많은 사람이기를……. 내가 구덩이에서 뭘 하나 궁금해서 차가 세워주길……. 하지만 그런 일은 없었다. 두 번째 차가 오는 걸 보고 테이프 밖으로 나왔다. 두 번째 차가 지나가고 세 번째 차가 왔지만 손을 들어 세울 용기는 여전히 나지 않았다.

오토바이가 오고 있었다. 망설이는 사이 그것도 그냥 가버렸다. 두 번째로 온 오토바이 운전자는 고개 돌려 나를 보았다. 헬멧 속의 눈이 마주치자 비로소 나는 손을 흔들었다.

"헬프, 헬프!"

조금 지나가서 오토바이가 섰다. 운전자가 나를 돌아봤다. 나는 소리쳤다.

"아이 니드 어 핸드. 플리즈 헬프 미."

그는 헬멧을 벗었다. 사십 대 정도로 보이는 남자였다. 눈빛이 선량해 보였다. 그는 영어를 알지는 못하는 거 같았지만 내 말에 열심히 귀 기울여주었다. 그의 귀에 헬프라는 단어가 꽂힌 거 같았다.

"헬프?"

"예스, 예스. 헬프, 헬프."

나는 구덩이를 가리키며 그에게 와서 보라고 손짓을 했다. 그는 오토바이를 길가에 붙여 세워놓고 내렸다. 그가 나를 따라 테이프 아래로 몸을 숙여 들어오자 나는 구덩이 아래 강아지를 향해 손가락질을 하며 말했다.

"독! 도그! 퍼피!"

그는 의아한 듯 내 얼굴을 보다가 내 손가락을 따라 허리를 굽혀 구덩이 아래를 내려다보았다. 처음에는 그도 강아지를 찾지 못했다. 내가 열심히 손가락질을 하자 이윽고 그의 시선이 강아지 쪽으로 향했다. 순간 그는 흠칫 놀라 한 걸음 뒤로 물러섰다. 그의 얼굴이 굳어졌다. 나는 온몸으로 개를 끌어내는 시늉을 하며 말했다.

"아이 니드 유 투 헬프 더 독."

알아듣지 못하는 거 같아 몸짓과 함께 개 짖는 소리도 냈다.

"멍멍, 멍멍!"

"노!"

그는 단호하게 고개를 저었다. 내가 다시 헬프를 외치자 손까지 저으며 온몸으로 거부했다. 그는 재빨리 테이프 아래를 지나 오토바이에 오르더니 뒤도 돌아보지 않고 가버렸다. 어리둥절했다. 내 말을 잘못 알아들었나?

또 한 대의 차가 지나간 후 오토바이가 오고 있었다. 이번에는 망설이지 않고 두 손을 들어 휘저었다. 인적 드문 길에 오토바이를 세운 외국 여자를 오해하지는 않을까 하는 생각은 이제 하지 않았다. 오토바이가 서고 한 남자가 내렸다. 헬프라는 말에 이번에도 남자는 수걱수걱 내가 가리키는 구덩이로 와주었고 구덩이 아래를 내려다보았다.

하지만 결과는 똑같았다. 그는 인상을 찌푸리며 돌아서며 뭐라고 말을 뱉었다. 알아들을 수는 없지만 좋은 의미의 말은 아니라는 건 알 수 있었다. 간신히 낸 용기였는데 연거푸 거절을 당하니 완전히 기가 꺾여버렸다.

나는 강아지를 내려다보았다.

"난 최선을 다했어."

강아지는 눈동자만 나를 따라다닐 뿐 여전히 움직이지 않고 있었다.

"내가 뭘 더 할 수 있겠어. 난 여행자일 뿐인데."

강아지는 생사를 달관한 수도사처럼 앉아 무연히 나를 보고 있었다. 움직이지 않는 게 신경 쓰였다. 떨어지면서 다리라도 다친 건가? 그렇다면 오래 버티지 못할 텐데. 물이 있어 갈증은 면하겠지만 구덩이에 있는 시간이 길어지면 강아지는 굶주림으로 죽고 말 것이다.

나는 백팩을 뒤졌다. 비스킷이 한 통 있었다. 봉지를 뜯어 비스킷 한 개를 아래로 던졌다. 겨냥이 잘 되지 않아 비스킷은 강아지에게 좀 먼 곳에 떨어졌다. 강아지는 움직이지 않고 멀거니 떨어지는 비스킷을 보고만 있었다. 다시 던졌다. 두 번째 것은 바람을 타고 나풀대다 잡풀 속으로 숨었다. 그리 멀지 않은 곳이지만 강아지는 여전히 움직이지 않았다. 세 번째 것은 강아지에게서 가까운 물 위로 떨어졌다. 고인 물에 떠 있는 비스킷을 향해 강아지의 코가 실룩대기 시작했다. 그래도 움직이지는 않고 떨어지는 비스킷을 바라보고만 있었다.

비스킷을 다시 던졌다. 이번에는 강아지의 콧등에 맞고 떨어졌다. 흠칫 놀라 강아지가 비로소 몸을 일으켰다. 일어선 강아지는 홀쭉한 몸피에 뱃가죽이 등에 붙어 있었다. 오래 굶었던 게 틀림없었다. 그런데 강아지는 코앞에 떨어진 비스킷을 냄새만 맡을 뿐 선뜻 먹지를 않았다. 나는 다시 잘 겨냥하여 개를 향해 던졌다. 이번에는 강아지 앞에 제대로 떨어졌다. 강아지가 나를 올려다봤다.

"먹어, 배고프잖아."

강아지는 한참 나를 보더니 비스킷으로 시선을 던졌다. 비스킷에 코를 대고 냄새를 맡았다. 그리고 천천히 입을 벌렸다. 조심스레 비스킷을 입에 물었다. 하지만 물고 있는 그대로 다시 내 허락을 기다리는 거처럼 올려다보았다.

"먹어, 맛있는 거야."

강아지가 이윽고 비스킷을 씹기 시작했다. 느릿느릿. 넘기는 데는 그러고도 한참의 시간이 지났다. 한번 맛을 본 강아지는 조금 생기가 나는 듯 근처 잘못 떨어졌던 비스킷을 찾아 발을 뗐다. 다행히 다리를 다친 건 아닌 거 같지만 움직임에 힘이 없었다.

나는 남은 비스킷을 마저 다 던져주었다. 떨어진 곳은 제각각이었다. 강아지는 처음보다는 적극적이었다. 조금 멀리 떨어진 것도 찾아다녔다. 그래봐야 사방이 물이어서 움직일 수 있는 공간은 많지 않았다. 그나마 반 정도는 물에 젖어 먹을 수 없었다.

저 몇 개의 비스킷이 얼마나 강아지의 목숨을 연장시켜줄까. 강아지가 원한 건 먹을 것이 아니라 탈출이었을 테지만 어쩔 수 없었다. 여기는 낯선 곳이었고 나는 더 어두워지기 전에 길을 찾아가야 했다.

　나는 몸을 일으켰다.

　"누군가 너를 구해줄 거야. 그때까지 버텨봐."

　강아지는 나를 아득하게 올려다보았다. 페트로나스 트윈타워 빌딩을 올려보던 나처럼.

　내가 말레이시아로 향하는 비행기를 탄 날은 엄마의 출소일이었다. 면회를 갔던 이모가 아르바이트하던 편의점으로 찾아와 출소일을 말해주며 나가주었으면 좋겠다고, 엄마가 나를 너무나 보고 싶어 한다고 말했다.

　나는 깨달았다. 마침내 어디론가 떠나야 할 때가 되었다는 걸. 먼저 머리에 떠오른 건 페트로나스 트윈타워 빌딩이었다. 그래서 말레이시아행 비행기 표를 끊었다.

　한국과 일본이 하나씩 맡아 경쟁적으로 지었다는 페트로나스 트윈타워 빌딩은 고개를 최대한 뒤로 젖혀도 끝이 보일 듯 말 듯했다. 일본의 것보다 조금 더 높다고 하는 한국의 타워 위로 푸른 하늘이 눈부셨다. 한 남자가 다가왔다. 남자의 손에는 코팅된 사진들이 들려 있었다. 사진 속에는 트윈타워 빌딩을 배경으로 한 사람들이 환하게 웃고 있었다.

　사진 속의 아빠도 이런 모습이었다. 내가 가지고 있는 유일한 아빠 사진이었다. 483미터, 88층. 당시 세계 최고 높은 건물로 지어졌던 트윈타워 빌딩은 말레이시아의 자랑이기도 하지만 철근공으로 참여했던 아빠의 자랑이기도 했다. 남자는 내게도 사진을 찍으라고 유혹했다. 나는 고개를 저었다.

아빠가 죽었을 때 나는 여섯 살이었다. 아빠가 죽은 후 엄마랑 같이 살던 남자는 늘 술에 취해 있었고 달희가 태어나기 직전에 사라져버렸다. 남자를 꼭 닮은 달희는 모든 게 늦었다. 세 살이 지나서야 걸었고 여섯 살이 되어도 할 수 있는 말은 많지 않았다. 그나마도 발음이 부정확해서 알아듣기 어려웠다. 달희 말을 가장 잘 이해하는 사람은 나였다. 달희는 아빠라는 단어도 몰랐다. 엄마라는 단어도 입밖에 잘 내지 않았다. 그런 달희가 가장 또렷하게 할 수 있는 단어는 언니였다. 달희는 수시로 나를 불렀다. 나지막하고 자신 없던 목소리.

언니…….

첫서리가 내렸던 그날 아침, 달희는 이부자리에 또 똥을 쌌다. 달희는 그 똥 위에 이불을 덮어버렸다. 그 바람에 온 이불과 방바닥에 똥이 뭉개지고 칠갑이 되었다. 엄마는 화가 머리끝까지 났다. 지를 수 있는 최대치의 소리를 지르며 엄마는 달희를 때렸고 똥이 묻은 달희의 옷을 거칠게 벗겼다. 달희의 팔을 잡아 질질 끌고 가서 화장실로 집어던졌다. 샤워기를 틀어 마구 물을 퍼부었다.

눈과 코, 입에 사정없이 들어가는 물 때문에 달희가 어푸어푸 허덕댔지만 엄마의 샤워질은 멈추질 않았다. 물을 피해 몸을 빼면 엄마는 머리통이고 등짝이고 손 닿는 대로 마구 때렸다. 찰싹, 찰싹, 찰싹. 맨살에 엄마의 손자국이 발갛게 찍혀 나갔다.

나는 엄마 눈에 뜨이지 않기만 바라며 숨을 죽였다. 달희가 부들부들 떨고 있었다. 열어젖힌 화장실 문 사이로 나를 본 달희가 나를 불렀다. 언니…….

물인지 눈물인지 모를 물기로 온 얼굴이 젖은 달희와 눈이 마주치자 나는 뒷걸음질을 쳐 얼른 달아났다.

잠시 후 나온 엄마는 쾅 소리가 날 만큼 세게 화장실 문을 닫아버렸다.

나는 거실 구석에 숨을 죽이고 앉아 착한 아이가 되려고 애를 썼다. 방광이 저릿저릿했다. 배가 빵빵해지고 통증이 왔다. 더 이상 참을 수가 없었다.

"엄마…… 나 오줌 마려워……."

엄마는 부엌에서 라면을 끓이고 있었다. 나는 엄마의 눈치를 보며 주뼛주뼛 화장실 문고리를 잡았다. 엄마가 꽥 소리쳤다.

"오줌만 누고 얼른 나와. 달희 못 나오게 해!"

문을 열고 들어가자 욕조 안에서 발가벗은 달희가 있었다. 갈비뼈가 앙상한 몸은 곳곳에 검붉고 시퍼런 얼룩이 져 있었다. 달희가 새파래진 입술을 움직여 희미하게 나를 불렀다.

"언니……."

나는 달희 쪽을 보지 않으려 애를 쓰며 변기에 앉았다. 달희가 다시 나를 불렀다.

"언니……."

나는 귀를 막았다. 마지막 오줌 방울이 떨어지기 전에 일어나 얼른 화장실에서 나왔다. 달희가 다시 불렀다.

"언니, 가지 마……."

엄마가 식탁 위에 막 끓인 라면 냄비를 올렸다. 반찬은 김치 하나였다.

"달희는……."

작은 목소리로 말하자 엄마는 무서운 눈으로 나를 노려봤다.

"하루 굶는다고 죽지 않아."

하지만 달희와 나는 어제저녁에도 굶었다. 학교를 가지 않는 달희는 점심도 먹지 못했을 것이다.

현관문을 나서자 찬바람이 얼굴을 때렸다. 길가엔 낙엽들이 이리저리 날리고 있었다. 학교 급식은 된장국과 감자조림, 소시지였다. 소시지 한 조각을 몰래 주머니에 넣고 밥을 한 번 더 받아먹었다. 두 번 받아먹고 싶었지만 눈치가 보였다. 집에 돌아오기 전 학교 화장실에 들렀다. 나오지 않는 오줌을 쥐어짜 억지로 방광을 비웠다.

현관문을 여니 퀴퀴한 냄새가 코를 찔렀다. 엄마는 담요 한 장을 덮고 안방에서 자고 있었다. 달희 똥으로 뭉개진 이불은 둘둘 말려 한쪽에 처박혀 있었다. 집 안은 아침에 학교 갈 때 모습 그대로 어수선했다. 라면 냄비는 그대로 상 위에 놓여 말라붙어가고 있었다.

똑. 똑. 똑.

수도꼭지에서 물 떨어지는 소리가 천둥소리처럼 났다. 엄마가 깰까 봐 나는 싱크대 수도꼭지를 힘주어 잠갔다.

잡동사니가 나뒹구는 거실 구석 벽에 등을 기대고 앉아 화장실을 바라보았다. 화장실에서는 아무 소리도 들리지 않았다. 닫힌 화장실 문을 보니 방광이 다시 찌릿찌릿했다.

안방에서 핸드폰이 울리는 소리가 났다.

"여보세요?"

전화를 받는 엄마의 목소리에는 아직 잠이 묻어 있었다.

"아…… 네……. 지금요? ……알았어요."

잠시 후 엄마가 안방에서 나왔다. 외출할 때면 입는 감청색 울 아크릴 혼방 반코트를 입고 있었다.

오늘 엄마는 고기 냄새가 밴 옷을 입고 저녁 늦게 돌아올 것이다. 엄마는 두 블록 건너 있는 고깃집에서 부정기적으로 일을 했다. 단체손님 예약을 받거나 손님이 몰리면 엄마를 부르곤 했는데 그즈음은 전화가 뜸해졌다. 엄마는 다른 일거리를 찾지 않았다. 늘 잠을 잤고 항상 화가 나 있었다.

현관문을 열고 나가던 엄마가 돌아보며 으름장을 놓았다.

"달희에겐 아무것도 주지 마. 꺼내주면 너도 혼날 줄 알아. 아무 데나 똥오줌 싸고 뭉개놓는 버릇, 이번엔 정말 고칠 거니까."

찬장 안에 라면이 두 개 있었다. 라면을 한 개만 꺼냈다. 밥솥을 열어보니 밥이 없었다. 다행히 냉장고 안에 김치는 있었다.

냄비에 한 개 끓일 만큼 물을 올렸다. 학교 급식에서 몰래 주머니에 넣어온 소시지 한 조각도 끓는 라면 국물 속에 넣었다. 현관문을 보았다. 잠잠했다. 나는 냄비를 들고 화장실 문을 열었다. 욕조에 들어앉은 달희의 머리가 보였다. 가까이 가서 보니 달희는 눈을 감고 있었다. 욕조에 앉은 그대로 오줌을 눈 건지 지린내가 났다. 라면 냄비를 들고 가자 달희가 천천히 눈을 떴다.

"라면 먹을래?"

달희는 초점 없는 눈으로 멀거니 나를 보더니 기운 없이 고개를 끄덕였다.

"입 벌려."

라면을 젓가락으로 몇 가닥 집어 가져가니 달희가 입을 조금 벌렸다. 입에 넣어주자 달희는 다른 때와 달리 한참을 우물댔다. 달희 속도를 맞춰 먹기가 너무 힘들어 그사이 나는 세 젓가락을 더 먹었다. 라면 한 개는 금방 바닥을 보였다.

"소시지 먹어."

나는 달희 손에 소시지를 쥐여주었다. 그리고 변기에 앉았다. 힘을 주니 오줌이 간신히 나왔다. 쪼르륵……

달희는 손에 쥐어진 소시지를 한참을 보더니 입에 넣었다. 하지만 얼마 씹지 않고 뱉어버렸다. 화가 났다. 안 먹을 거면 날 주지.

뱉은 소시지 찌꺼기를 알뜰하게 주워 냄비에 담았다. 음식을 먹은 흔적을 남기면 안 된다. 냄비를 들고 나가려는데 달희가 입을 달싹댔다.

"언니…… 추워……"

옷을 줄 수는 없었다. 나는 화장실에 걸린 수건을 줬다.

"이걸 덮고 있어. 엄마한테 내가 줬다 하면 안 돼."

달그락대는 소리가 났다. 나는 반사적으로 현관문을 보았다. 문은 열리지 않았다. 바람소리였던 거 같았다. 엄마가 벌써 올 리 없지만 놀란 가슴이 한참 동안 두근댔다. 달희가 다시 불렀다.

"언니…… 나가고 싶어……."

"안 돼!"

나는 얼른 화장실 문을 닫고 나왔다.

강아지가 일어섰다. 한참을 서서 나를 바라보던 강아지는 다시 잡풀 속으로 다리를 꺾고 앉았다. 여전히 시선은 내게 고정시켜두고 있었다.

"갈 거야. 정말이야."

나는 다시 말했다.

"난 할 만큼 다 했어."

강아지는 조용히 보고만 있었다. 돌아 나는 테이프 아래로 몸을 빼냈다. 도로로 나갔지만 자꾸 뒤가 당겼다. 저만큼에서 히잡을 쓴 여인이 오고 있었다. 행인을 본 건 처음이었다. 어쩌면 여인은 가까운 곳에 집이 있을지 모른다. 나는 얼른 여인의 앞을 막아섰다.

여인은 갑자기 나타나 앞을 막는 나에게 경계심을 보였다. 하지만 헬프, 헬프라고 소리치자 여인이 물었다.

"헬프? 두 유 니드 헬프?"

환호성이라도 지르고 싶었다. 여인은 영어도 할 줄 알았다. 나는 구덩이 쪽을 가리키며 소리쳤다.

"예스, 예스, 저기 구덩이를 좀 봐요. 밑에 개가 떨어져 있어요."

"개?"

여인은 멈칫 서서 나를 보았다.

"도와줘요. 제발 부탁이에요."

그냥 갈까 망설이는 기색이었지만 내가 플리즈를 연발하자 여인은 나를 따라 테이프 안으로 들어왔다. 히잡의 여인이 구덩이를 내려다보았다. 개는 여전히 웅크린 채로 새로 나타난 사람을 쳐다보았다.

"사다리가 필요해요. 개를 도와줄 사람을 불러줄 수 있어요?"

히잡의 여인이 뒤로 물러섰다.

"아무도 오지 않을 거예요."

"저렇게 두면 죽을 거예요. 구덩이에서 꺼내야 해요."

여인은 쌀쌀맞게 고개를 저었다.

"안됐지만 어쩔 수 없어요."

이 여인까지 보내버리면 더 이상 방법이 없었다.

"당신이 하라는 거 아니에요. 개를 구할 수 있을 사람만 불러주세요. 전 말레이시아 말을 몰라요. 누구에게 도움을 청해야 할지도 모르고요."

여인은 몸을 돌렸다. 나는 여인을 따라 테이프 바깥으로 나오며 플리즈를 연발했다. 여인이 단호하게 말했다.

"전 도와줄 수 없다니까요."

"도대체 왜요? 저 개가 불쌍하지도 않아요?"

"어쩔 수 없어요. 무슬림들은 개를 손대지 못하게 되어 있으니까요. 더구나 저 개는 젖어 있어요. 어느 누구도 저 불결한 짐승을 만지고 싶어 하지 않을 거예요."

"너무 매정하네요."

"당신들 관점으로 다른 문화까지 재단하려 들지 말아요. 무슬림들은 남이 어려움에 처했을 때 자신의 일처럼 나서 기꺼이 도와주곤 하니까요. 하지만 저건 개예요. 우리들 속담에 '개가 사는 집에는 천사도 오지 않는다'는 말도 있어요. 여기까지 온 것도 당신이 워낙 간곡하게 부탁해서였어요. 그 이상은 해줄 수 없어요. 난 집에 가서 일곱 번 목욕을 해서 부정 탄 몸을 씻어내야 할 거예요."

여인은 잰걸음으로 멀어져갔다. 나는 구덩이 쪽을 보았다. 할 만큼 다 했어. 이대로 가도 돼. 오토바이맨들과 히잡의 여인처럼. 하지만 내 발은 나를 구덩이 쪽으로 이끌고 있었다. 강아지는 그럴 줄 알고 있었다는 듯한 눈으로 나를 올려다보았다.

"그런 눈으로 날 보지 마! 날 보고 어떻게 하라는 거야! 네 힘으로 빠져나오면 되잖아."

낑낑…… 강아지가 항변했다. 내 힘으로는 나갈 수 없다는 걸 알잖아.

"어쨌든 난 갈 거야!"

언니…… 가지…… 마……. 달희가 애원했다. 다리에 힘이 풀렸다. 나는 털썩 주저앉았다. 강아지는 여전히 나를 올려다보고 있었고 나는 달희의 목소리 속에 갇혀 있었다.

잠결에 문밖에서 어지러운 발걸음 소리를 들었다. 엄마가 왔나 보네. 다시 잠이 들려던 나는 허전함에 다시 눈을 떴다. 옆자리에 달희가 없었다. 어디 갔지? 서서히 잠이 깨면서 잠자리에 들기 직전 화장실에 갔던 기억이 났다. 달희는 내가 덮어준 수건 아래 축 늘어져 차가운 욕조 바닥에 팔로 온몸을 싸안고 누워 있었다. 지린 내가 심하게 났다.

"달희야."

달희가 힘겹게 눈을 떴다. 얼굴이 시퍼렜다. 달희가 입술을 달싹댔다. 언니……. 왠지 무서웠다. 나는 뒷걸음질을 했다.

"엄마가 와서 내보내줄 거야. 조금만 참아."

"언니…… 가지…… 마……."

나는 얼른 화장실에서 나왔다. 나는 두 팔로 몸을 싸안고 화장실 문 앞에서 한참을 서 있었다.

그냥 문을 밀고 나와. 나는 중얼댔다. 문은 잠기지 않았어. 하지만 달희는 그대로 화장실에 있었고 나는 달희를 데리고 나오지 못했다. 난방이 되지 않은 거실에 찬바람이 불었다. 몸이 떨려왔다. 발도 시렸다.

나는 안방으로 들어왔다. 담요를 뒤집어썼지만 자꾸 몸이 떨려왔다. 담요 속에서 쿨적쿨적 울기 시작했다. 그러다 어느새 잠이 들었다.

정신이 번쩍 들었다. 달희는 아직도 화장실에 있는 걸까? 엄마가 꺼내주지 않았나?

문밖에서 엄마의 당황한 가쁜 숨소리가 들렸다. 엄마 목소리만이 아니었다. 낯선 목소리도 들렸는데 두세 명은 되는 거 같았다. 문을 열고 나가기가 두려웠다. 주저하다가 나는 무릎으로 기어서 문에 귀를 댔다.

부산스러운 움직임과 급박한 느낌이 드는 발자국 소리 속에 119라는 말이 들렸다. CPR 멈추지 말라, 는 다급한 목소리와 담요를 찾는 소리도 들렸다.

온몸에서 소름이 돋았다. 나는 심호흡을 한 번 하고 안방 문을 열었다. 좁은 거실이 사람들로 꽉 차 있었는데 텔레비전에서 보던 119 구급대 옷을 입은 여자와 남자가 축 늘어진 달희를 들것에 옮기고 담요로 싸고 있었다. 싸기 전에 얼핏 보인 달희는 옷을 다 입고 있었다. 달희에게 있는 가장 깨끗한 옷이었다. 아버지가 말레이시아에서 내 생일날 보내주었던 옷이었다. 그 선물을 받고 얼마 되지 않아 아버지의 사고 소식을 들었다.

발가벗은 모습이 아니어서 다행이라는 생각이 들었다. 그다음 든 생각은 달희는 자신의 옷은 한 번도 가져본 적 없었구나라는 것이었다.

119가 떠난 후 나는 또 다른 사실을 깨달았다. 차가운 욕조에서 달희의 심장이 서서히 멈추고 있을 때 나는 따뜻한 방 안에서 편히 자고 있었던 것을.

그 후 나는 잠을 잃어버렸다. 눈만 감으면 나를 부르는 달희의 목소리가 들려왔다.

언니…… 가지…… 마…….

엄마는 구속되었다.

나는 한동안 이모와 같이 살았다. 이모는 엄마가 우리를 무척 사랑했다는 사실을 주입시키고 다른 사람에게도 그렇게 말하라고 강요했다.

여자 한 명과 남자 두 명도 나를 찾아왔다. 그들은 번갈아가며 물었다. 달희가 왜 화장실에 갇혔는지, 그런 일이 자주 있었는지, 내 심정이 어떤지.

옷을 걷어 내 몸도 이리저리 살펴보았다. 멍 자국이 보이면 사진도 찍었다. 엄마에게 맞은 거냐고 물었지만 나는 고개를 숙인 채 굳게 입을 다물었다. 거실에 있던 파리채를 찾아내고 내 등짝에 난 빨간 줄과 맞춰보기도 했다. 이걸로 맞았냐고도 물었지만 나는 끝까지 대답하지 않았다.

이모의 손에 끌려 보육원으로 갔다. 이모는 가끔 나를 찾아와 엄마 소식을 전해주었다. 그리고 엄마가 나를 보고 싶어 한다고 면회 가지 않겠냐고 했다. 그때도 나는 대답하지 않았다. 이모가 가고 나면 숨어서 울었다. 엄마가 그리웠고 보고 싶었다. 그런 내가 싫어서 울었다. 울면서 영어책을 폈다. 한국을 떠나가고 싶었다. 어디든 멀리 가서 다시는 돌아오고 싶지 않았다.

그래서 다른 과목은 그냥저냥이었지만 중, 고등학교 내내 영어는 늘 반에서 최고 성적을 받았다.

해가 지고 있었다. 구덩이 아래는 더 어두워 강아지가 두 눈만 남기고 어둠 속으로 파묻혀가고 있었다.

나는 에어비앤비에 전화를 했다. 여자가 받았다. 오늘 가기로 한 예약자임을 말하자 반가운 목소리로 기다리고 있다고 했다.

"그런데 사고가 생겼어요. 그곳에 가던 중 공사 중인 구덩이에 빠졌어요. 너무 깊어서 나 혼자 힘으로는 올라갈 수가 없어요. 사다리나 밧줄이 필요해요. 제발 저를 구해주세요."

에어비앤비 주인은 화들짝 놀랐지만 난감해했다. 하지만 어떻게든 도와줄 수 있는 방법을 찾아보겠다고 말했다.

전화를 끊은 후 나는 구덩이를 내려가기 시작했다. 튀어나온 돌부리를 잡고 조심조심 발을 디뎠다. 잡을 곳도 마땅찮고 가팔라 텔레비전에서나 보던 암벽등반을 하는 거 같았다. 나는 암벽등반가는 되지 못했다. 몇 초도 버티지 못하고 돌부리를 놓치고 미끄러져 떨어져 순식간에 구덩이 아래로 추락했다. 바닥이 물과 진흙, 잡풀이긴 했지만 자잘한 자갈들도 무수해서 꼬리뼈와 허벅지가 한참 동안 얼얼했다. 놀란 강아지가 벌떡 일어서 나를 보고 있었다.

"이리 와."

물에 젖은 옷을 쥐어짜고 잡풀 쪽으로 자리를 옮긴 나는 손을 내밀었다. 사람의 손에 닿은 적 없었을 강아지는 내 손을 멀거니 쳐다볼 뿐 다가오지 않았다. 나는 손을 뻗쳐 강아지를 잡았다. 강아지는 빠져나가려고 앙탈을 했다.

"난 이번엔 도망치지 않아. 그러니 너도 두려워하지 마."

내 말을 알아들은 듯 강아지가 조용해졌다. 아열대 지방이지만 해가 지니 추웠다. 젖은 옷은 거의 말랐지만 앉아 있을 곳도 마땅찮았고 잡풀은 습기로 축축했다. 간신히 웅크리고 앉을 만한 곳을 찾았다. 백팩으로 허리를 받치니 돌멩이와 습기로부터 보호가 되어 그나마 좀 나았다. 에어비앤비 주인은 오지 않았다.

어쩌면 왔었는지, 전화를 했는지도 모르겠다. 구덩이 안에서는 핸드폰이 터지지 않으니까.

밤이 찾아왔다. 완벽한 암흑이었다. 올려다보는 하늘에 별은 유난히 총총했다. 강아지는 어둠 속에 파묻혀버렸지만 따뜻한 체온으로 자신의 존재를 알려주고 있었다. 툭툭, 뛰는 심장 소리도 들렸다. 길게 꼬리를 남기며 별똥별이 떨어지고 있었다.

눈이 자꾸 감겼다. 피곤했다. 나는 강아지를 안은 팔에 조금 더 힘을 주었다. 따뜻하고 편안했다.

오늘은 푹 잠들 수 있을 거 같았다.

주　이슬람에서 예언자 무함마드의 언행을 담은 전승록 하디스에 의하면 개는 불길한 동물로 만져서도 안 되고, 개의 침이 닿은 것들은 버리거나 깨끗이 씻어야 한다고 되어 있다. 개가 집에 사는 집에서는 천사가 드나들지 않고, 개가 핥으면 일곱 번이나 씻어야 정화가 되고, 개를 집 안에 키우는 사람은 매일 선행이 영구히 깎여나간다고 했다.

무한의 오로라

무한의 오로라

혜진은 흑갈색 머리카락에 발레 복을 입고 무대에서 춤을 추고 있었다. 대부분의 다른 아바타들처럼 비정상적일 만큼 긴 다리와 긴 팔, 가는 허리를 가진 혜진의 몸짓은 깃털처럼 가볍고 물고기처럼 유연했다.

아이디는 오로라. 내가 지어준 이름이다.

나는 침대에 누운 혜진을 보았다.

혜진은 디즈니 만화에 나오는 잠자는 공주 오로라처럼 잠들어 있었다. 잠든 혜진의 양 귀에는 기석이 만든 헤드셋이 씌워져 있다.

초등학교 친구인 기석은 어릴 때부터 손재주도 많고 기발한 아이디어가 많았다. 무언가가 필요한 게 있을 때 나는 살 수 있는 곳이 어디인지를 알아보았지만 기석은 어떻게 만들까를 먼저 생각했다. 기석 집에 놀러 가보면 다른 데서는 보지 못한 온갖 장난감들이 많았는데 산 것은 극소수이고 대부분 직접 만든 것들이었다.

기석은 학교에서 돌아오면 재활용품 하치장부터 먼저 들르곤 했다. 보물을 찾았다며 신이 나서 전화해 오기도 했는데 내 눈에는 쓰레기 이상으로 보이지 않는 것들이 대부분이었다. 나중에 보면 그것들이 장난감 자동차도 되고 장난감 로봇으로 바뀌어 있었다.

기석은 상상력만큼 대단한 집중력을 가지고 있었다. 한번 필이 꽂히면 만사 젖혀두고 매달리는데 문제는 그 집중력이 공부 쪽은 아니었다. 기석의 성적이 본격적으로 떨어진 것은 인터넷 게임에 빠지면서부터였다. 기석의 인터넷 게임 친구는 대부분 나였다. 하지만 나는 다만 오락일 뿐이었는데 기석은 인생을 몰빵한 것처럼 매달렸다. 멘사 회원이기도 하던 기석은 자신이 하고 싶은 것은 학교에 있지 않다며 결국 고등학교를 중퇴하고 말았다. 기석의 결정을 순순히 받아들여준 걸 보니 기석의 부모도 기석만큼 남다른 거같았다.

이후 기석은 자신의 상상을 현실로 만드는 데 전념했고 실제 여러 가지들을 발명하기도 했다. 그런 걸 왜 만들었는지 모를 것들이 대부분이긴 했지만 나는 신발, 밥 떠먹여주는 숟가락 같은 나름 신기한 것들도 있었다. 나는 신발은 얼마간 공중부양하게 해주어 처음에는 탄성을 자아냈다. 실용성은 없었다. 엄청난 양의 배터리가 필요했고 그러자니 너무 무거워져서 일 분도 채 떠 있지 못했다.

밥 떠먹여주는 숟가락도 나름 신선하기는 했다. 연구하다 보면 밥 먹는 시간이 아까워서 만들었다고 했다. 기석은 반찬 먹여주는 젓가락도 만들 거라 했지만 내가 말렸다. 기석을 못 믿어서가 아니라 반찬은 입맛에 맞는 걸 먹어야지 기계가 아무거나 입안에 욱여넣는 건 아닌 거 같아서였다.

신기하긴 한데 어딘가 조금씩은 부족한 그런 유의 발명품을 기석은 그 후에도 무수하게 만들어냈다.

나는 기석의 발명품을 기다리는 유일한 팬이었다. 대부분 실망으로 끝났지만 나는 기석의 자유로운 상상력이 부럽고 엉뚱한 발명품들이 재미있었고 그것을 사용하기 전 어떤 결과가 나올지 기다리는 설렘이 좋았다.

기석이 오감을 느끼는 아바타를 만들겠다고 했을 때는 조금 시큰둥했다.

"새로울 것도 없는 이야기야. 지금도 많은 가상공간에서 아바타라는 이름의 분신들이 활동하고 있잖아."

"그런 아바타와는 달라. 이건 내 의식 속의 또 하나의 자아라고. 넌 지금 네가 살아 있다는 사실을 어떻게 알아?"

꽤 철학적인 질문이었다. 먹는 거? 숨 쉬는 거? 이런 질문에 대한 적절한 답을 생각하는 거? 하지만 기석이라면 그런 단순한 대답도, 그렇다고 엄청나게 심오한 대답을 기대하는 건 아닐 것이다.

"네가 생각하는 답은 이미 정해져 있는 거 같은데, 뭐야?"

"그건 네게 오감이 있어서야. 시각, 청각, 미각, 후각, 촉각 같은. 그게 없다면 살아 있다 해도 자신이 살아 있다는 사실을 알 수가 없어. 그런데 그 오감이라는 것도 실제 존재하는지 않는지 사실 우린 몰라. 뇌가 그렇다고 하니 그런 줄 믿는 거지. 뇌가 가르쳐주지 않으면 초콜릿이든 레몬이든 모든 음식이 같은 향기에 같은 맛이 될 거야. 네가 보고 있는 내가, 네가 듣고 있는 내 목소리가 왜 기석이라고 생각해? 사실은 네가 전혀 모르는 사람일 수도 있는데 네 시각과 청각이 나를 네 친구 기석이라고 알려주었기에 그런 줄 알잖아. 그런 게 오감이야. 오감은 사람이 살아 있음을 증명하는 거고 오감을 뇌가 일깨워주지 않으면 살아도 살아 있다 할 수가 없게 돼."

몇 년 전 본 영화 〈레디 플레이어 원〉이 떠올랐다. 암울해진 미래 세계에 가상현실 속에서 위로와 희망을 찾고자 하는 사람들의 이야기였는데 그 가상세계에 들어가기 위해서는 슈트나 고글 같은 것들을 착용해야 했다. 기석은 자신의 헤드셋은 〈레디 플레이어 원〉과 기본 개념은 비슷하지만 훨씬 발전된 거라고 말했다.

"거기선 슈트를 입거나 고글을 통해 어떤 조작을 해야 하잖아. 핸드폰이나 컴퓨터를 통해 가상세계로 들어가려 해도 최소한 손가락은 움직여야 할 거고. 내가 만들고자 하는 건 오직 생각만으로 움직이는 거야. 뇌파를 통해 존재하지 않는 것을 존재하는 것과 똑같이 느끼게 조작하는 거지."

그리고 그것을 현실화시켰다고 전화를 해온 건 얼마 전이었다.

퇴근 후 나는 기석의 오피스텔을 찾았다.

기석의 오피스텔은 다른 때처럼 발 디딜 곳 없이 온갖 잡동사니로 빼곡했다. 그 잡동사니 틈에서 꺼내온 것은 하얀색 헤드셋이었다. 어디서나 볼 수 있는 평범한 외관이었다. 실망하는 내 표정을 본 기석이 열심히 설명했다.

"이건 뇌를 활성화시켜서 손가락 하나 까닥하지 않아도 뇌파로 사물의 조작이 가능하게 해주는 거야. 쉽게 말하자면 생각만으로 모든 걸 느끼고 움직일 수 있다는 거지."

사실 그런 기술도 새로울 건 없었다. 이미 시중에는 뇌파로 드론을 움직이는 헤드기어도 나와 있다. 뇌를 감싸고 있는 두개골을 뚫고 나오다 보니 뇌파가 너무 약해져서 실용성은 없었다. 그래서 뇌파를 이용할 수 있는 가장 확실한 방법으로 뇌에 칩을 심는 뇌 임플란트 기술까지 개발되었다. 하지만 뇌 임플란트 기술에 대해서 기석은 부정적이었다.

"아무리 기술이 발달한들 그 복잡한 뇌를 조금도 건드리지 않고 칩을 심을 수 있을 거 같아? 백 번 양보해서 그럴 수 있다 치자. 그러다 해킹이라도 당하면 어쩔 건데. 뇌가 해킹을 당하면 그 사람은 해커의 꼭두각시가 될 수밖에 없어. 어디까지가 자기 의지인지 아닌지 자신도 모르면서 말이야. 하지만 내 헤드셋은 뇌를 건드리지는 않아. 필요할 때만 쓰고 언제든 벗어버릴 수 있어. 때로는 가장 고전적인 게 가장 첨단일 수가 있다고."

늘 그랬듯이 나는 기석을 믿어보기로 했다. 우리는 고전적인 게임 테트리스를 택해 헤드셋의 성능을 시험하기로 했다.

테트리스는 네 개의 사각형으로 이루어진 다양한 도형들이 무작위로 떨어져 내리면 얼른 제자리에 끼워 넣어 수평선을 만드는 게임이다. 제때 끼워 넣질 못하면 순식간에 쌓여 게임 오버가 되었다.

만들어진 헤드셋은 하나뿐이었기에 노트북을 헤드셋과 동기화시켜놓고 둘이 번갈아가면서 테트리스를 했다. 손가락은 까닥하지 않고 눈에만 힘을 잔뜩 주고 도형을 노려보며 마음속으로만 움직여라 움직여라, 주문을 외웠다. 눈알이 빠지는 거 같고 머리도 아팠다. 도형은 쉬지 않고 떨어져 내렸고 순식간에 차곡차곡 쌓여 눈 깜빡할 사이에 게임은 끝이 났다.

생각만으로 숟가락을 구부리겠다고 한 자칭 초능력자 유리겔라가 생각났다. 유튜브에서 보았을 때 얼마나 신기했던가. 그것이 눈속임에 불과했다는 걸 알았을 때 실망도 컸다. 그런 눈속임할 능력도 안 되면서 죽자고 노려만 보는 내가 점점 바보처럼 여겨지기 시작했다.

한 번만 더 해보고 진짜 그만둬야지, 하는 그때 나는 미세하게 움직이는 도형을 보았다. 도형은 순식간에 다 쌓이고 게임은 끝이 났다. 하지만 분명히 도형 하나가 왼쪽으로 움직여져 있었다.

기석이 환호성을 질렀다.

"성공이야. 이건 분명 네 뇌파로 움직인 거야!"

그게 전부였다. 애를 썼지만 그 이후 나는 물론 기석도 단 하나도 움직이지 못했다. 무엇보다 너무 피곤했다.

오피스텔을 나서기 전 기석은 내게 헤드셋을 주었다.

"계속 시도해봐. 넌 한 번 성공했으니 두 번, 세 번도 가능할 거야. 그동안 난 더 강력한 뇌파를 잡을 수 있는 헤드셋을 만들 테니." 그리고 덧붙였다. "여기에만 집중을 해야 해. 오직 메타 안에서만 존재하는 것처럼."

집에 온 후 헤드셋은 뒤로 밀려버렸다. 그럴 시간이 없었다. 기석은 자기 하고 싶은 일에만 전념할 수 있는, 사회통념상 백수지만 나는 엄연한 직장인이었다. 나는 게임 개발자라는 나의 일을 아주 사랑하고 있었다. 신제품을 개발하느라 밤을 새우고, 신제품이 출시되면 소비자 반응을 보고 스트레스도 받고, 동료들과 밤새워 게임을 같이 하며 문제점이나 보완점을 확인하기도 하고, 다른 회사의 게임들도 해보다가 코피가 터지기도 하지만 내가 하고 싶은 일을 하기에 불만은 없었다.

회사 문을 들어서는데 핸드폰이 울렸다. 낯선 번호였다. 그런 경우 대개는 광고성 전화거나 보이스 피싱이었다. 얼마 전에는 내 번호를 어떻게 안 건지 유저가 출시된 게임에 대해 항의를 해온 경우도 있었다.

통화를 누르자 휴대폰 안에서 낯선 여자의 목소리가 들려왔다.

"실례지만 공지환 씨이신가요?"

"누구신지요?"

"혹시 주혜진이라고 아나요."

나는 우뚝 섰다. 준비 안 된 상태에 어퍼컷이라도 맞은 거 같았다. 주혜진, 한시도 잊은 적 없던, 그 이름을 생각하는 것만으로도 가슴이 아픈, 하지만 억지로 의식에서 밀어내던 그 이름을 이렇게 듣게 되다니.

"전화하신 분은 누구신지요?"

"전 주혜진의 동생 혜령이에요."

만난 적은 없지만 알고 있는 이름이었다. 혜진의 부모는 교통사고로 동시에 죽었다. 갑자기 고아가 되어버린 혜진은 오직 하나밖에 없는 자신의 혈육 혜령에 대해 종종 이야기했다.

"죄송하지만 언니를 보러 와주실 수 없을까요? 언니는 지금 입원해 있어요."

입원이라니! 당장 달려가보고 싶었다. 그동안 어떻게 살았는지 묻고 얼마나 아픈 건지 확인하고 싶었다. 하지만 내 이성이 옛 연인이었던 내가 다른 남자 아내의 병문안을 가서는 안 된다고 말렸다. 혜진은 나와 헤어진 후 얼마 있지 않아 결혼을 했다. 아이도 낳았다고 들었다.

"언니가 있는 곳은 요양원이에요. 그리고……"

혜령은 틈을 두더니 매우 힘들게 다음 말을 이었다.

"언니는, 지금, 식물인간 상태예요."

연이어 후려치는 어퍼컷에 나는 비틀댔다.

"전화를 하기 전에 한참 망설였어요. 하지만 아무리 생각해도 언니를 도와줄 사람은……."

혜령은 잠시 머뭇댔다. 형부가 될 수도 있었던 나를 무어라 호칭해야 할지 생각한 거 같았다.

"저는 공지환 님이 언니를 도와줄 수 있을 거라고 생각했어요."

"제가 왜 그럴 수 있을 거라 생각하셨나요?"

"언니가 돌아올 이유를 찾아주고 싶었어요. 언니는 깨어나 이 세상으로 돌아올 이유가 없다고 생각하는 거 같아요."

"하지만 남편 분이……."

혜령이 당황했다.

"아, 죄송해요. 아시는 줄 알았어요. 이혼한 지 오래됐어요."

"아이도…… 있다고 들었는데."

"죽었어요. 형부의 음주운전 때문에. 언니는 그 아이를 정말 사랑했었어요."

혜령은 요양원 마당의 벤치의자에 앉아 나를 기다리고 있었다. 처음 보지만 한눈에 알아볼 수 있었다. 나를 보자 일어서는 혜령의 모습은 마치 혜진을 보는 듯 닮아 있었다. 혜령도 나를 금방 알아보았다.

"두 분 사귀실 때 언니가 사진을 많이 보여주었어요."

그 사진들. 내게는 한 장도 남아 있지 않다. 혜진이 결혼했다는 소식을 듣던 날 나는 술에 만취하여 밤새 울었다. 그리고 내게 있던 혜진의 흔적들을 모두 없앴다.

혜령은 내게 핸드폰을 내밀었다.

"언니 거예요. 며칠 전에야 겨우 암호 패턴을 풀었어요. 핸드폰 안의 연락처를 보세요."

나는 전율을 느꼈다. 연락처에는 딱 두 사람의 번호만 있었다. 혜령과 나. 내 핸드폰에는 혜진의 번호가 없다. 나는 혜진의 다른 모든 것과 함께 번호도 지웠다.

"언니는 강에 몸을 던졌어요. 낚시하던 낚시꾼이 발견하는 바람에 생명은 구할 수 있었지만 의식까지 구하지는 못했어요. 유서는 없었어요. 언니의 휴대폰에는 모든 게 삭제되어 있었어요. 남아 있는 건 그게 전부예요."

고개를 들 수가 없었다. 드는 순간 눈물이 쏟아질 거 같았다.

"언니가 세상과의 인연을 끊기로 결심하면서 핸드폰의 연락처도 모두 지웠던 거 같아요. 그런데 저와 공지환 님의 번호만은 지우지 않았어요. 언니는……."

혜령의 목소리가 갈라졌다.

"이 세상에서 기억하고 싶었던 사람은 저와 공지환 님 둘뿐이었던 거 같아요."

병실에는 네 개의 침대가 있었고 혜진은 제일 안쪽 침대에 누워 있었다. 모두 식물인간 상태인 환자들이라 했다. 각 침대마다 커튼으로 독립성을 유지할 수 있게 되어 있었다. 혜진은 잠자고 있는 듯했고 깨우면 금방이라도 일어날 거 같았다.

나는 혜진을 보며 인사를 했다.

"안녕, 혜진아. 나야."

그다음 말이 나오지 않았다. 할 말이 너무 많아서 할 말이 없었다. 왜 나를 믿어주지 않았느냐 원망도 하고 싶고 미안하다 사과도 하고 싶었다. 날 떠났으면 행복하게 살 일이지 왜 이런 모습으로 다시 나타났냐고 따지고도 싶었다.

"말은 들을 수 있을까요?"

혜령이 모르겠다고 했다.

"하지만 들을 거라고 믿고 싶어요. 그래서 저는 여기 오면 늘 책을 읽어주거나 이야기를 걸어요. 대답은 들을 수 없지만."

혜령은 별일 없으면 매주 월요일 혜진을 찾아온다고 했다. 그래서 나는 일요일에 오겠다고 했다. 남들에게 불금이라는 이름으로 시작되는 연휴들은 혜진이 떠난 후 내게는 가끔 부모님을 찾아가거나 게임으로 보내던 날들이었다. 그리고 이제 다시 예전처럼 의미 있는 날이 되었다.

늘 같았다. 혜진은 자고 있었고 나는 그런 혜진 옆에서 한 시간을 앉아 있다가 돌아가곤 했다. 하지만 혜진의 숨소리를 옆에서 듣는 것만으로도 행복했다. 혜진이 말을 할 수 있다면 내게서 무슨 이야기를 듣고 싶어 할까? 그래서 그 대답을 해주기도 했다.

"난 게임 개발 회사를 다니고 있어."

회사일은 재미있냐고 물을 거 같다.

"가끔 힘들 때도 있지만 그런대로 재미있어. 내 적성에는 잘 맞아."

한참 후 다시 말했다.

"참, 난 아직 결혼하지 않았어."

또 덧붙였다.

"너 때문은 아니야. 미안해하지 마. 그냥 그렇게 됐을 뿐이야."

어쩌면 너 때문이었어, 라고 진실을 말해주는 게 더 위로가 되었을지 모른다 생각하는데 문득 손가락이 꿈틀하는 거 같았다. 잘못

봤나? 유심히 보는데 혜진이 다시 손가락을 움직였다.

"혜진아!"

나는 깜짝 놀라 소리쳤다. 혜진은 대답이 없었다. 나는 흥분하여 혜령에게 전화를 했다.

"혜진이 손가락을 움직였어요. 깨어나려는가 봐요."

"아, 그거요."

같이 환호성을 지를 줄 알았는데 의외로 혜령은 시큰둥했다.

"저도 처음엔 깜짝 놀랐어요. 근데 아니래요. 뇌는 살아 있기 때문에 하는 무의식적인 의미 없는 행동이래요. 어떨 땐 눈을 뜨기도 해요."

전화를 끊은 후에도 혜진은 한참을 손가락을 꼼지락댔다.

그다음 주에 병실로 들어가 혜진 옆에 앉다가 나는 깜짝 놀랐다. 혜진이 눈을 뜨고 나를 보고 있었다.

"혜진아!"

가만히 나를 보는 혜진의 눈이 쓸쓸해 보였다. 오래전 이별을 통고할 때 같은 눈이었다.

"나야, 알아보겠어?"

대답 대신 혜진은 다시 눈을 감았다. 가슴이 미어지는 듯했다.

혜진은 결혼을 반대하는 내 부모를 견뎌내지 못했다. 고아라는 게 가장 큰 반대 이유였다. 난 설득할 자신이 있다고, 날 믿고 기다리라고 했지만 혜진은 고개를 저었다.

"견뎌낼 수가 없어. 죽을 것만큼 고통스러워. 난 통풍 환자 같아.

너무 아파서 바람만 스쳐도 이겨내질 못해."

그리고 얼마 있지 않아 혜진은 만난 지 한 달밖에 되지 않은 남자와 결혼했다. 나에게서 완전히 떠나가기 위해서였다.

다음 주에 갔을 때 나는 헤드셋을 꺼냈다.

"너 기석이 알지? 이거 기석이 만든 건데 시험 작동해봐 달라고 하네."

기석은 그동안 수시로 전화나 문자를 보내 어떻게 되어가느냐고 물었다. 혜진이 나타났고 식물인간 상태라는 소식에 놀라워하긴 했지만 잠깐뿐이었다. 기석의 관심은 헤드셋 성공 여부밖에 없었다. 원래 동시에 두 가지를 생각할 줄 모르는 녀석이었다.

"여기서 해봐도 되겠지? 기석이 오복조르듯 졸라대서 말이야."

나는 혜진에게 테트리스를 작동시키려 한다고 설명하고 내가 단한 번밖에 성공하지 못했다고도 이야기해주었다. 헤드셋을 끼고 열심히 테트리스 도형들을 노려보았다. 도형은 순식간에 쌓이고 게임은 끝이 났다. 민망해져서 혜진에게 말했다.

"바보 같아 보이지? 근데 우린 어려서부터 이런 바보짓들을 많이 같이 해왔어."

한 번만 더 해보고 끝내야지 하는데 문득 모형이 움직였다. 분명히 움직여 옆으로 이동했다.

"와아~"

나는 기쁨의 탄성을 질렀다. 돌아보니 혜진이 눈을 뜨고 있었다.

"혜진아, 봤어? 분명 움직였지?"

눈뜬 혜진을 보면 여전히 놀랍긴 했지만 처음만큼 흥분하지는 않았다. 그동안 혜진은 몇 차례 손가락을 까닥댔고 눈도 뜨곤 했다. 본능적인 행동일 뿐이라는 혜령의 말을 나도 조금씩 받아들이고 있었다.

연이어 또 하나의 도형을 움직였다. 나는 혜진에게 말했다.

"이거 정말 되네. 내 뇌파로 또 움직였어."

어쩌면 외부와의 자극이 차단된 혜진과 함께 있어서인지 모른다.

"너도 한 번 해볼래?"

나는 헤드셋을 혜진의 귀에 씌워주었다.

"손은 사용하지 않고 생각만으로 움직이는 거니 너도 할 수 있을 거야."

가만히 나를 보더니 혜진이 스르르 눈을 감았다. 헤드셋을 쓴 혜진을 보니 먹먹해졌다. 혜진의 의식은 어디에서 서성대고 있는 걸까.

시계를 보니 면회 시간이 끝나가고 있었다.

핸드폰을 닫으려던 나는 멈칫 손을 멈추었다. 테트리스 도형이 옆으로 움직여져 있었다. 아까 내가 움직였던 거였나? 아무리 기억을 더듬어도 아니었다. 혜진의 머리에 헤드셋을 씌울 때 분명 새로 시작한 게임이었다. 혜진을 보았다.

"이거 정말 네가 움직인 거야?"

혜진은 눈을 감고 있었고 여전히 아무 말이 없었다. 나는 고개를 내저었다. 혜진이 했을 리가 있나. 내가 착각했겠지.

병원을 나오면서 기석에게 전화를 했다.

"이번엔 두 번이나 도형을 움직였어. 뇌파로 움직인 건지는 아직 모르지만 손가락을 쓰지 않은 건 분명해."

"와우~ 굿잡!"

기석이 환호성을 질렀다.

"어쩌면 세 번일지도 몰라. 혜진에게도 헤드셋을 씌웠는데 모형이 움직여져 있었거든. 혜진이 했을 리는 없고 기계의 오류이든지 내가 했던 걸 착각한 걸 거야."

"혜진 씨에게 헤드셋을 씌웠다고? 그거 좋은 생각인데. 아, 당장 혜진 씨를 만나러 가봐야겠어."

기석이 지나치게 흥분하는 거 같아 나는 현실을 인식시켜주었다.

"안 돼. 아무나 들어갈 수 없어. 면회 시간도 정해져 있고 사전에 등록된 면회자만 들어갈 수 있어."

집에 도착하니 기석이 문 앞에서 기다리고 있었다. 내 뒤를 따라 집 안으로 들어오며 들뜬 목소리로 말했다.

"좀이 쑤셔 그냥 있을 수가 있어야지."

괜히 혜진까지 거론했다 후회했지만 이미 늦었다.

"혜진 씨, 식물인간 상태라고 했지?"

기석의 귀에는 이미 다른 말이 들어가주질 않았다.

"네 전화 받고서야 생각났어. 혜진 씨야말로 내 헤드셋을 시험해 볼 가장 적당한 대상이라는 걸."

"무슨 소리 하려는 거야."

"생각해봐. 식물인간은 일상생활은 못 하지만 뇌는 살아 있다는 거잖아. 그러면 뇌파도 살아 있다는 거 아냐. 어쩌면 우리들보다 더 강한 집중된 뇌파를 가졌을지 몰라. 외부와의 자극에 완전히 보호되었으니 말이야. 그러니 혜진 씨에게 헤드셋을 씌운 뒤 테트리스가 움직여진 거야."

"내 착각이었다니까!"

"아냐, 네 착각이 아니야. 기계 오류는 더더욱 아니고. 분명 혜진 씨가 움직인 거야."

하! 한숨을 내뱉었다.

"그래서 혜진을 실험 도구로 이용이라도 하겠다는 거야?"

"그렇게 말하면 섭하지. 이건 서로에게 좋은 일인데."

기석은 내가 화를 내고 있다는 사실조차 깨닫지 못하고 있었다.

"혜진이를 괴롭히고 싶지 않아. 혜진이는 그동안 너무 많은 고통을 겪었어. 얼마나 절망했으면 세상을 버리려까지 했겠어."

기석은 물러서지 않았다.

"괴롭히다니. 그 반대야. 이게 혜진 씨가 그 속에서 빠져나올 수 있는 문이 되어줄지 몰라. 혜진 씨는 의식이 어딘가에 갇혀서 나가는 곳을 찾지 못하고 있는 거잖아. 완벽한 침묵 속에 있는 거지 이 헤드셋은 뇌파가 외부의 간섭이 완벽히 차단되었을 때 더욱더 잘 작동될 거고."

기석은 그 후에도 계속 열변을 토했고 어느새 나는 기석에게 설득되어가고 있었다.

다시 일요일이 되자 나는 헤드셋을 가지고 혜진을 찾아갔다.

"혜진아, 기석이 넌 현실로 돌아오는 길을 못 찾고 있는 거라던데 정말 그런 거니?"

대답 대신 혜진은 고른 숨소리만 들려주었다. 나는 혜진의 머리에 헤드셋을 씌워주었다.

"내 핸드폰을 헤드셋과 동기화시켜 가상공간으로 연결시켰어. 네 아이디는 오로라야. 비밀번호는 네 생일이고. 네 의식이 그곳에서라도 자유로워질 수 있었으면 좋겠어."

내가 연결시켜준 가상공간은 우리 회사가 새로 개발한 '무한한'이었다. 근래 여러 IT회사들이 메타버스 가상세계들을 만들고 있었고 우리 회사도 뒤늦게 뛰어들었다. 가입한 회원들이 여러 쇼핑몰에서 여러 가지 아이템들을 사고 각자의 커뮤니티나 각자의 공간을 가지고 게임을 즐기는 등 다른 가상공간과 크게 다르지는 않지만 무한한의 아바타는 사람들의 실사에 가장 근접한 모습을 하고 있다는 점이 특색이었다. 대부분 구 등신이고 균형 잡힌 체격들만 빼면 모두 어디선가 보았을 거 같은 친근한 모습의 아바타들이 유저들이 불러주기만 기다리고 있었다. 그리고 무한한 속에선 자신이 만들고 싶은 세상도 만들 수 있었다. 나는 그중 혜진을 가장 닮은 아바타를 골랐다. 그리고 혜진에게 사주고 싶었던 화려한 원피스를 구매해서 입혔다.

그런 후 나도 핸드폰을 클릭해서 무한한에 들어갔다.

무한한 안에서는 말 그대로 무한한 세상이 펼쳐져 있다. 그 안에서는 불가능은 없었다. 원하는 세상을 만들기 위한 아이템들이 무수하게 구비되어 있어 돈만 지불하면 사지 못할 것이 없었다. 따라서 가장 자본주의적인 사회이기도 했다. 그중에는 기석의 것과 비슷한 아이템도 있어서 기석은 자기 아이디어가 도용된 거라고 흥분한 적도 있었다. 이를테면 나는 신발 같은. 하지만 그런 정도의 상상은 누구나 할 수 있는 게 아닌가. 기석은 그걸 현실화시키려 했다는 점이 다를 뿐이었다. 기석은 실패했지만 어떠한 상상도 가능한 무한한 속에서는 실패하는 일은 없었다.

혜진의 머리에 헤드셋을 씌우긴 했지만 기석이 열변을 토했던 것과 같은 특별한 기대를 한 건 아니었다. 헤드셋이 주는 자극들이 혜진의 뇌를 활성화시키는 데 도움이 될 수도 있겠다는 생각이 들어서였다.

나는 개발자의 아이디로 무한한에 접속했다. 개발자는 유령인간 같은 존재들이었다. 무한한의 보완과 활동하는 아바타들에게 발생하는 문제점을 파악하기 위해 어디든 제약 없이 돌아다닐 수 있지만 아바타는 없으므로 무한한의 세계를 즐길 수는 없었다.

자주 들어가지는 않지만 한 번씩 무한한을 둘러보며 점검하는 것도 나의 업무 중 하나였다. 이곳저곳을 다니며 유저들이 가지는 커뮤니티와 대화, 그들이 만들어가는 또 다른 세상을 둘러보다가 나는 오로라를 찾아갔다.

순간 내 눈을 의심했다. 오로라가 움직이고 있었다. 혜진처럼 오로라도 내가 만든 그 모습 그대로 그 자리에 서 있을 거라고 생각했는데 어찌 된 걸까?

나는 혜진을 보았다. 헤드셋을 쓴 혜진은 여전히 자고 있었다.

"정말 네가 움직이고 있는 거니?"

혜진은 대답 없었고 무한한 속의 오로라는 어디론가 가고 있었다. 오로라의 뒤를 따라가니 예쁜 집이 나왔다. 오로라는 그 집으로 들어갔다. 어딘가 익숙한 느낌의 집이었다. 기억났다.

오래전, 혜진이 지방 소도시에서 살았다던 어린 시절 사진을 보여준 적 있었다. 부모와 혜령과 함께 살았을 때 무척 행복했다고 혜진이 말했던 바로 그 집이었다.

나는 오로라를 따라 집 안으로 들어갔다. 세 살 정도 되는 아기가 아장아장 걸어 나와 오로라에게 안겼다. 아이의 방울 같은 웃음소리가 귀에 들리는 거 같았다. 아이를 꼭 안은 오로라는 행복해 보였다. 거실에 나이 지긋한 남자가 앉아 있었다. 남자는 오로라와 아기를 보며 미소를 짓고 있었다. 부엌에도 사람이 보였다. 들어가 보니 중년 부인이 음식을 하고 있었다. 사진으로 본 적 있는 혜진의 부모들이었다. 이들은 아바타가 아니라 내가 사진에서 본 실제 혜진 부모 모습들 그대로였다. 그들은 식탁에 마주 앉아 도란도란 이야기를 나누며 식사를 시작했다. 아기는 오로라의 품에서 떨어지지 않았고 오로라도 아기를 품에서 떼어낼 생각이 없는 거 같았다. 음식 냄새가 내 코에도 맡아지는 듯했다. 그들의 정다운 이야기 소리가 귀에 들리는 듯했다.

현실에는 존재하지 않았던, 그러나 혜진이 그토록 갈구하던 것들이 무한한 속에서 펼쳐지고 있었다.

강에 몸을 던지기 전에 핸드폰에 마지막으로 남겼던 이름, 혜령과 나는 그 공간에 없었다. 혜진은 나와 혜령을 초대해줄 수도 있을 것이다. 하지만 오로라는 그럴 생각이 없는 듯했다. 나는 잠든 혜진을 돌아보았다. 혜진은 무한한 속에서 꿈을 꾸고 있었다.

면회 시간이 끝나고 병실을 나서기 전 헤드셋을 벗겼다. 혜진의 행복한 꿈을 빼앗는 듯해서 미안했다.

한 주가 그토록 길 수가 없었다. 일요일이 되자 나는 다시 혜진을 만나러 갔다. 혜진이 내가 병실을 들어서는 순간 눈을 번쩍 떴다.

"날 기다렸던 거니?"

"······."

"네가 만든 세상에 나도 들어가고 싶어. 초대해줄래?"

대답 대신 혜진은 다시 눈을 감았다. 혜진이 기다린 건 내가 아니라 헤드셋이었던 거 같다. 나는 혜진의 귀에 헤드셋을 씌워주었다. 웃기는 말이지만 헤드셋에게 질투심이 일었다.

이번에는 나도 설계자가 아닌 내 아바타 '어론'의 아이디로 접속했다. 아바타로라도 혜진을 만나기 위해서였다. 하지만 수많은 아바타 중 한 명이 되니 오로라가 있는 곳을 찾을 수가 없었다. 나는 아바타 찾기에 오로라 아이디를 입력했다. 아무것도 나오지 않았다. 오로라가 내 부름에 응해주지 않은 것이다. 무한한은 상대가 부름에 응해주지 않으면 알 수가 없게 되어 있다. '어론'을 혜진이 알리가 없다는 생각이 뒤늦게 들었다. 나는 비밀 채팅으로 설정해서 다시 오로라를 불렀다.

"난 공지환이야. 혜진아, 대답해줘."

기다렸지만 여전히 대답은 없었다. 나는 다시 설계자 아이디로 바꾸고 오로라를 찾아보았다. 어느 공연장이었다. 오로라가 무대에 서서 춤추고 있었다. 한때 발레리나를 꿈꾸었다던 혜진이었다. 부모가 일찍 죽지 않았다면 아마 발레리나가 되었을 거라고 했다. 오로라는 내가 사준 분홍색 원피스 대신 화려한 발레복을 입고 있었다.

공연장은 크고 화려했다. 현실에서는 몇 년이 걸릴 공사지만 무한한 속에서는 한 시간도 걸리지 않는다. 생각만으로 접속하는 오로라는 몇 분도 걸리지 않고 만들 수 있을 것이다.

관람객은 많지 않았지만 공연은 무대장치나 모든 게 일반 공연에 뒤지지 않았다.

우아한 춤사위가 끝났다. 나는 힘껏 박수를 쳤다. 하지만 무한한 안에서 나는 투명인간일 뿐이었다. 관객들의 반응도 나쁘지 않아 보였다.

나는 고개 돌려 혜진을 보았다.

"혜진아, 어떻게 해야 네가 만든 세상 속으로 들어갈 수 있는 거니?"

혜진의 손가락이 꼬물댔다. 나는 무심히 손가락을 바라보았다. 한참 후 조용해졌다.

병원에서 나오는 즉시 기석의 오피스텔을 찾아갔다.

"새로 만든다는 헤드셋 당장 사용했으면 좋겠어."

"왜?"

"혜진이 무한한 속에 있어. 현실과 가상공간을 오고 가는 다른 아바타들과 달리 혜진은 오직 그곳에서만 존재하는 거 같아."

"야홋!"

기석이 소리쳤다.

"내 헤드셋이 성공했구나! 그렇지?"

"그런데 접촉할 수가 없어. 나는 직접적인 터치로 들어가는데 혜진은 뇌파로만 들어가니 길이 다른 거 같아. 마치 다른 차원에 존재하는 거처럼. 나도 헤드셋으로 들어가봐야 할 거 같아."

기석이 작업실에 들어가더니 헤드셋을 들고 나왔다. 검은색이었다.

"뇌파 활성도를 좀 더 높이긴 했는데 아직 성공 여부는 모르겠어."

헤드셋을 받고 나오려는데 기석이 말했다

"네가 면회 가는 시간이 일요일 다섯 시지?"

"응."

"나도 들어가볼 거야. 외부 자극과 완벽하게 차단된 사람의 뇌파는 어느 정도 활성화되는지 알고 싶어."

다음 일요일, 나는 두 개의 헤드셋을 가지고 갔다. 하얀색은 혜진의 귀에 씌워주고 나는 검은색 헤드셋을 썼다. 하지만 버퍼링만 계속 났다. 새 헤드셋 역시 뇌파를 잡기에는 아직 약했다. 결국 헤드셋으로 들어가는 건 포기하고 예전처럼 터치로 무한한 안으로 들어갔다.

오로라는 자신의 집으로 가고 있었다. 문을 열자 아기가 뛰어와 오로라의 품에 안겼다. 오로라의 부모가 웃으며 오로라를 반겼다. 그들은 오로라가 있어야 존재할 수 있는지, 오로라와 별개로 무한한 속에서 계속 존재하고 있는 건지 궁금해졌다.

오로라를 기다린 듯 식탁에는 밥을 차려져 있었다. 식사를 하며 오손도손 이야기 나누는 가족들을 보자 그들은 오로라와 별개로 무한한 속에서 존재하고 있었고 오로라가 오는 시간을 기다리고 있다는 느낌이 들었다. 오로라는 그들과 무언가 대화를 하고 간간이 웃기도 했다. 기석의 말대로라면 오로라는 저 음식들의 맛을 느끼고 냄새도 즐기고 있을 것이다.

오로라가 아이와 부모와 함께 차를 탔다. 오로라가 운전대를 잡았다. 여행을 하려는지 차 트렁크에는 갖가지 여행물품들이 가득했다. 무한한에서 시공간 이동에는 비용이 들지 않는다. 하지만 소모품 아이템은 구입해야 한다. 오로라의 옷은 또 바뀌어 청바지에 캐주얼한 티셔츠였다.

기기를 통해 입장하는 일반 아바타와 달리 뇌파로 활동하는 오로라는 무한한의 자본주의적 개념에서도 자유로운 게 틀림없었다. 오로라는 유럽을 여행하고 있었다. 그 또한 혜진이 꿈꾸던 것이었다. 혜진은 내게 유럽 배낭여행을 제안한 적 있었다.

나는 잠든 혜진을 보았다.

그토록 사랑했다던 아이가 품 안에 있고 그리워했던 부모도 곁에 있고 꿈꾸던 발레리나로 살며 여행을 즐기는 오로라. 혜진은 무한한 안에서 완벽한 삶을 누리고 있었다.

꿈을 꿀 때 자신이 꿈속에 있다는 걸 알지 못한다. 내게도 행복한 꿈에서 깨어났을 때 실망했던 기억들이 있다.

나는 오로라를 만나려는 내 욕심을 내려놓기로 했다. 혜진에게 왜 나를 믿지 못했냐고, 왜 그렇게 떠나버렸는지 따지고, 그동안 내가 얼마나 그리워했는지 말하고, 끊어졌던 사랑을 다시 이어보고 싶었던 간절한 마음을, 혜진의 행복한 꿈을 지켜주기 위해 접기로 했다.

잠자는 혜진이 내 옆에 있다. 그것이면 됐다.

─오로라를 만났어?

스톤이라는 아이디가 음성으로 말을 걸어왔다. 기석이었다.

─헤드셋으로 들어왔어?

─뇌파로 잡으려니 머리가 빠개질 거 같아서 예전 방식으로 입장했어. 그런데 아이디로는 찾을 수가 없네. 오로라를 만나려면 어떻게 해야 하는 거야?

—오로라는 자신의 세계에 아무도 들여놓을 생각이 없는 거 같아. 나는 개발자 아이디로 들어와서 따라다니고 있어. 스토커인 거지.

—그래? 그렇다면 또 다른 방법이 있지.

섬뜩한 생각이 들었다.

—설마 해킹하려는 건 아니겠지?

기석의 대답이 없었다. 나는 소리쳤다.

—하지 마! 혜진을 내버려둬!

—가상세계 안에서라도 혜진 씨를 만나고 싶다며. 그걸 내가 도와주겠다는데 왜 이래.

기석이 화를 냈다.

—내 욕심이었던 거 같아. 혜진은 자기가 만든 세상이 우리들 때문에 침해되기를 바라지 않는 거 같아. 난 혜진의 세상을 지켜주고 싶어.

—낭만적 발언이네. 하지만 세상을 발전시키는 건 낭만이 아니라 이성과 과학이야.

—그만두라면 그만둬! 남의 세계를 비집고 들어가는 건 바이러스일 뿐이야. 그리고 바이러스의 끝은 그 세계의 파괴이고.

—이 일이 어떻게 시작된 건지 잊은 거 같네. 혜진 씨가 쓰고 있는 헤드셋은 내 거야. 내겐 헤드셋이 어떻게 작동되고 있는지 확인해볼 권리가 있고.

제 말만 하고 기석은 나가버렸다.

오로라의 자동차는 영국으로 가는 배 안에 있었다. 오로라는 아기를 안고 대서양 머리카락 흩날리며 바닷바람을 맞고 있었다. 갑자기 오로라의 얼굴이 굳었다. 오로라 앞에 스톤이 서 있었다. 나는 놀라 벌떡 일어났다.

기석이 기어코 해킹해서 들어갔다. 기석에게 접속해서 소리쳤다.

─뭐 하는 거냐! 당장 거기서 나와!

─기다려봐. 네가 원하는 대로 혜진 씨를 만나게 해줄 테니.

─원하지 않는다고 했잖아!

─그럼 구경만 해.

─누구세요? 왜 앞을 막는 거예요?"

기석의 스피커를 통해 오로라의 목소리가 들렸다. 처음으로 들은 혜진의 목소리. 뭉클했다. 나는 반사적으로 고개를 돌렸다. 혜진은 새근새근 잠자고 있었다.

─공지환 알죠? 난 그 친구 기석이에요. 여기선 스톤이지만.

오로라가 멈칫했다.

─지환인 혜진 씨를 만나고 싶어 해요. 하지만 이 속으로 들어오질 못하고 있어요. 혜진 씨가 초대를 해줘야 들어올 수가 있어요.

─초대라니요?

오로라가 혼란스러운 얼굴이 되었다.

─지환이 혜진 씨를 만나려면 아바타의 모습으로 여기를 들어올 수밖에 없어요. 왜냐하면 현실의 혜진 씨는 지금 식물인간 상태이니

까요.

─말하지 마!

소리쳤지만 이미 늦었다.

─여긴 가상 세계거든요. 여기에 있는 모든 사람들은 실제가 아니라 아바타일 뿐이고요.

오로라가 품 안의 아기를 꼭 안았다.

─내 부모, 내 아기들은 아바타가 아니에요! 난 달콤한 아기의 냄새도, 체온도 느끼고 있어요.

기석이 자랑스레 말했다.

─모두 내가 만든 것들이에요. 기억 안 나요? 저들은 이미 죽었고 현실 세계에는 존재하지 않는다는 걸. 혜진 씨가 여기에 불러 만든 허상인 것을."

─안 돼!

나는 소리쳤다.

─기석아, 제발 그만둬.

─하지만 걱정 마세요. 내가 이곳에 새로운 세상을 창조해줄 수 있으니까요. 날 이곳에 불러주기만 하면 돼요.

오로라의 얼굴이 파랗게 질려가고 있었다.

으음…… 신음소리가 들렸다. 반사적으로 돌아보니 혜진이 신음을 하고 있었다. 혜진의 얼굴이 오로라처럼 공포에 질려 있었다.

혜진의 머리에 씌워진 헤드셋이 비로소 눈에 들어왔다. 나는 얼른 헤드셋을 벗겼다.

순식간에 무한한 안에서 오로라가 사라졌다. 오로라가 타고 있던 유람선도 사라지고 아무것도 없는 흰 공간만 남았다. 그 속에서 스톤이 두리번대고 있었다.

혜진이 갑자기 눈을 번쩍 떴다. 나와 눈이 마주쳤다. 혜진은 금방이라도 비명을 지를 듯한 표정으로 나를 보았다.

"혜진아, 미안하다. 난 너의 목소리를 듣고 네 체온을 느껴보고 싶었을 뿐이야."

혜진이 다시 눈을 감았다.

"이제 그만 그 속에서 나와줘, 네가 정말 그리워. 널 행복하게 해줄게. 제발 나를 믿어줘."

혜진의 눈꼬리를 타고 눈물이 흘러내리고 있었다. 나는 손으로 혜진의 눈꼬리에 흐르는 눈물을 닦아주었다. 툭. 혜진의 뺨에 물방울이 떨어졌다. 나는 얼른 내 눈물도 훔쳤다.

다음 날, 회사에 막 출근하여 자리에 앉는데 핸드폰이 울렸다. 혜령의 이름이 찍혀 있었다. 까닭을 알 수 없는 불길함에 온몸이 섬뜩해졌다. 벨이 수차례 울리고 난 뒤 전화를 들었다. 핸드폰 너머 혜령의 목소리가 들려왔다.

"언니가 죽었어요."

숨이 막혀왔다. 혜령의 목소리가 머릿속에서 윙윙댔다.

"마지막 인사를 하려고 저를 기다렸던 거 같아요. 제가 들어가자 눈을 뜨고 저를 보더니 조용히 눈을 감았어요, 마치 촛불이 꺼지듯 그렇게 떠나갔어요."

혜령은 내게 고마웠다고도 했고 무언가 더 말했지만 들리지 않았다. 수천 마리의 벌떼들이 머릿속에서 윙윙대고 있었다. 온몸에서 피가 빠져나가는 거 같았다.

혜진이 또 나를 떠나갔다. 이번에는 영원히 떠나갔다. 혜진은 끝내 나를 믿어주지 않았다.

넋이 빠진 듯 핸드폰만 보고 있던 나는 무의식적으로 무한한에 접속했다. 내 검지가 검색창에 '오로라'를 찍는 걸 보자 두려워졌다. 그만둬. 혜진의 부재를 확인하고 싶지 않아. 하지만 나의 검지는 '취소' 대신 '확인'을 클릭하고 있었다.

순간 나는 내 눈을 의심했다. 혜진이 있었다! 오로라가 아니었다. 혜진이었다.

혜진은 가족들과 놀이공원에 있었다. 오래전 나와 같이 놀러 간 적 있던 곳이었다. 나하고 같이 탔던 회전목마에 혜진은 아기를 안고 타고 있었다. 혜진의 부모들은 회전목마 밖에서 활짝 웃는 얼굴로 지켜보고 있었다. 무한한 속에서 아기는 조금 더 자라나 있었다.

혜진은 회전목마 밖의 부모를 보며 웃고 있었다. 참고 참았던 원망이 터져 나왔다.

"넌 왜 나를 보지 않니? 왜 끝까지 날 믿어주지 않은 거니? 왜 내게서 늘 떠나가는 거니?"

이 마지막 이별 또한 혜진의 선택이었다. 이제 내가 혜진을 위해 해줄 수 있는 일은 없었다. 괴롭지만 받아들여야 했다.

회전목마가 돌면서 혜진의 시선 방향이 바뀌어갔다. 혜진의 시선이 정면에 가까워지고 있었다. 마침내 혜진과 시선이 마주쳤다. 나는 혜진에게 말했다.

"부디 이번에는 너의 선택이 옳았기를 바래."

혜진의 얼굴에 웃음기가 걷어지고 있었다. 나는 혜진의 시선을 놓치지 않으려 애를 쓰며 말했다.

"사랑해. 영원히."

혜진의 얼굴에 처음에는 놀라움이, 다음에는 슬픔이, 그리고 그리움이 물감처럼 번져가고 있었다.

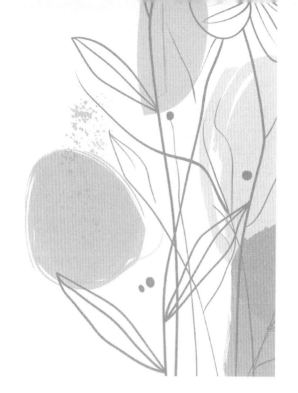

어디에서든

어디에서든

　　　　　　　　　　　캔버스 오른쪽 하단에는 한 소년
이 고개 들고 허공을 바라보고 있었다. 소년은 트럭 위에 앉아 있었
고 그 뒤는 어둠이었다. 나머지는 아직 검푸른 색으로 남아 있었다.
처음 캔버스 앞에 앉았을 때 막막하기만 하던 공간들이었다. 붓을
들 때까지 그 공간 안에 채워질 것이 무엇인지 나는 알지 못했다.
내가 그려내는 것은 아니었다. 나는 그냥 붓이 움직이는 대로 따라
만 가고 있었다.

　소년이 하늘을 가리켰다. 그곳에는 빛나는 별들과 함께 붉고 푸
른 수많은 색들이 뒤섞여 회오리치고 있었다.

　그가 말했다.

　난 저기 갈 거야.

　그는 저 혼자 걸을 수 있을 때부터 수시로 없어지곤 했다. 그럴
때마다 엄마는 내 손을 잡고 지구대로 가서 찾아달라고 부탁했다.

애와 똑같이 생긴 애예요.

하도 자주 실종신고를 하는 바람에 그가 사라졌다고 하면 순경은 심드렁한 표정으로 기록할 뿐이었다. 나중에 찾았다고 알려주면 그럴 줄 알았다는 듯 고개를 끄덕였다. 아마 찾으러 나가보지도 않았을 것이다.

그가 보이지 않을 때마다 곤욕을 치르는 사람은 나였다. 부모에게 그의 행방에 대해 취조를 당하든가 보호라는 이름으로 감금되었다. 왜 내가 그의 행방에 대해 가장 잘 알 거라고 생각하는지, 왜 그를 따라 집을 나갈 거라 생각하는지 알 수 없었다. 쌍둥이라면 서로에 대한 텔레파시나 보이지 않는 끈이라도 있다고 생각하는 거 같았지만 천만의 말씀이다.

그는 나와는 종족 자체가 달랐다. 나만이 아니었다. 직립보행이 가능하다는 거 외에 그는 내가 아는 어떤 호모 사피엔스와도 달랐다.

부모님은 트럭 행상을 했다. 농산물 같은 것들을 산지에서 싸게 사서 트럭에 싣고 시장이 먼 동네를 다니며 팔았다. 부모님은 우리들을 트럭에 태우고 같이 다녔다. 맡겨둘 곳도 없지만 수시로 사라지는 그가 불안해서였을 것이다. 앞 좌석에 네 명이 앉아 하루 종일 돌아다니는 것은 지루하고 힘든 시간들이었다. 부모님은 동네를 돌아다니다 적당한 곳에 차를 세워놓고 녹음된 확성기를 틀어 사람들을 불러 모으곤 했다. 꼼짝 못 하고 끼어 앉아 있던 우리도 그때는 트럭에서 내려와 저린 팔다리를 펴볼 틈이 주어졌다. 가까이에 놀이터가 있다면 그곳에서 놀 수가 있었지만 그런 행운은 자주 있지 않았다.

엄마는 우리를 시선에서 벗어나는 곳에는 절대 가지 못하게 했다. 내게는 그를 잘 감시하라는 특명까지 내렸다. 그건 참 불공평한 일이었다. 그는 마음대로 놀거나 돌아다닐 수 있었지만 나는 그를 따라다니거나 엄마의 시선을 벗어나지 못하게 막아야 했으니.

끼니는 길 가다가 아무 데나 세워놓고 엄마가 준비해 온 도시락으로 대충 때웠다. 제 시간을 지킨 일은 거의 없었다. 몸을 움직이기도 힘들고 지루하고 늘 배가 고팠던 괴로웠던 날들이었다. 그런데 그는 이 떠돌이 생활을 행복하고 즐거운 추억으로 기억하고 있었다. 역시 그는 호모 사피엔스 사피엔스는 아니었다.

다행하게도 엄마도 나만큼 떠돌이 생활을 싫어했다. 엄마는 가게를 내 정착하고 싶어 했다. 그래서 열심히 돈을 모았다. 하지만 엄마는 꿈을 현실화시키기 전에 아버지와 치열한 싸움을 치러야만 했다. 아버지가 트럭을 팔고 싶어 하지 않았기 때문이다. 그 돈을 보태야만 엄마는 가게를 낼 수 있었기에 우리를 내세워 아버지를 설득하기도 하고 윽박지르기도 했다. 우리를 더 이상 길에 끌고 다녀서는 안 된다고도 하고 초등학교에도 보내야 한다고도 했다. 언성도 높이고 고함도 지르고 밥도 빨래도 해주지 않는 방법도 썼다. 해볼 수 있는 모든 수단을 다 동원했지만 엄마는 아버지를 이기지 못했다. 그렇다고 진 것은 아니었다. 엄마는 아버지의 트럭 없이도 가게를 내고야 말았다. 대신 빚을 졌다. 살던 집 월세 보증금도 보태서 간신히 연 가게는 작고 초라했다.

가게에는 작은 방이 하나 딸려 있었다. 우리는 그 방에서 같이 먹고 잤다. 너무도 작아서 네 식구가 편하게 누울 만한 공간이 되지 못했다. 행상을 다니던 아버지는 집에 오지 않는 날들도 많았지만 와도 집 앞에 트럭을 세우고 운전석에서 잤다.

엄마는 악착스레 일을 했다. 새벽에 해뜨기 전에 일어나 우리 모두가 잠든 뒤에야 잠자리에 들었다. 지친 엄마는 바닥에 등을 붙이는 순간 기절이라도 한 듯 깊이 잠들었다.

초등학교 입학일을 앞둔 날이었을 것이다. 눈이 저절로 떨어졌다. 엄마의 코 고는 소리가 어둠을 흔들고 있었다. 코 고는 소리 때문에 깬 건가 해서 다시 눈을 감는데 옆이 허전하였다. 손으로 더듬어보니 아무것도 만져지는 것이 없었다. 그가 없었다. 나는 몸을 일으켰다. 엄마가 깨지 않게 조심조심 밖으로 나갔다.

가게 앞에 트럭이 세워져 있었다. 발돋움해서 앞 좌석 창 안에 코를 대서 들여다보았다. 차 안에는 짐승처럼 몸을 웅크린 검은 물체가 있었다. 몸을 다 펴지는 못하고 운전석과 옆 좌석에 걸쳐 누운 아버지였다. 나는 트럭을 돌아서 뒤 짐칸 쪽으로 갔다. 짐칸 아래에는 나무 사과 궤짝이 두 개 포개져 있었다. 나는 사과 궤짝을 밟고 올라섰다. 그가 짐칸 안에서 비스듬히 누워 하늘을 보고 있었다. 다리를 최대한 올려야 해서 짐칸으로 들어가는 건 힘이 들었다.

뭐 해?

대답 대신 그가 하늘을 가리켰다. 그의 손가락을 따라 하늘을 올려본 순간 나는 아! 탄성을 질렀다. 별이 총총한 하늘, 그 위로 붉은색 청록색 푸른색, 수많은 색들이 소용돌이를 치고 있었다. 때로는 바람에 나풀대는 망사 커튼처럼, 때로는 물결처럼, 살아 움직이는 생물처럼 수많은 색들이 수시로 모양을 바꾸고 변화시키며 힘차고 역동적으로 꿈틀대었다. 신비롭고 황홀했던 하늘의 군무는 희뿌옇게 하늘이 밝아오면서 빛을 잃어갔고 한순간에 사라져버렸다.

그날의 찬란한 밤은 그날 이후 다시 본 적 없었다. 나는 트럭 짐칸에서 보았던 신비로운 오로라의 군무를 친구들 몇 명에게 이야기했지만 아무도 믿지 않았다. 내 혀가 그 황홀함과 감동을 전할 능력이 되지 못했던 탓이었을 것이다. 그래서 나는 그림을 그리기 시작했다.

얼마 지나지 않아 아버지의 트럭 행상도 끝이 났다.

브레이크가 고장이 나 길가의 나무를 박고 완전히 멈추었던 것이다. 그곳은 강원도 산길이었다. 아버지의 물건들을 사줄 고객들도 없고 구매 산지와도 전혀 다른 곳이었다. 아버지가 그곳에 왜 갔던 건지 나는 이해할 수 없었다.

트럭을 고철 값으로 넘긴 후에도 아버진 얼굴 보기 힘들었다. 부지런하고 친화력 있는 엄마는 단골들을 많이 만들어 가게를 찾는 손님은 점점 늘어났지만 아버진 가게 일도, 집안일도 돕지 않았다. 매일 어디론가 돌아다녔고 가정경제는 온전히 엄마의 몫이었다. 초등학교를 다니는 우리들 뒤치다꺼리까지 보태서 엄마는 종일 동동거리며 돌아다녔다. 가게는 점점 번성해갔다. 전셋집도 얻을 만큼 엄마는 성공했다. 하지만 엄마의 얼굴에는 피곤이 가득했고 늘 지쳐 있었다.

아버지도 아무것도 안 한 건 아니었다. 복권도 샀고 다단계에도 빠졌다. 복권은 한 번도 맞지 않았고 그렇잖아도 비좁은 방들은 옥장판, 자석요, 이름을 알 수 없는 건강식품이나 약들로 채워져갔다.

아버지가 집에 있는 날은 엄마의 목소리가 커졌다.

제발 생각 좀 하고 살아! 당신은 머리 대신 팔랑 귀만 달고 사냐고!

나는 엄마가 지르는 고함소리를 들으며 밥을 먹고 그림을 그리고 학교를 다녔다. 아버지의 투자도 결실을 맺는 때가 왔다. 마침내 복권에 당첨된 것이다. 아버지에게 생각하는 것이 거의 불가능한 일임을 깨닫는 데 너무나 많은 세월을 허비했던 엄마는 이혼을 제의했다.

부모님은 우리들에게 선택권을 주었다.

나는 너희들에게 미래를 줄 거야.

엄마가 말했다.

나는 자유를 주지.

아버지가 말했다.

나는 미래를 택했고 그는 자유를 택했다.

부모님들은 우리들에게 한 약속을 지켰다. 하지만 끝까지 책임 지지는 못했다. 두 분의 잘못은 아니었다. 아버지는 사고로, 엄마는 위암으로 죽었기 때문이다.

이혼 후 아버지는 뉴질랜드로 갔다. 그도 아버지를 따라 비행기를 탔다. 가도 가도 초원과 목장만이 계속되는 그곳에서 아버지와 그는 대부분 시간을 캠핑카에서 보냈다고 한다. 캠핑카가 뒤집혀서 아버지가 즉사하지 않았다면 그들은 지금도 그렇게 떠돌아다니고 있었을지 모른다.

그가 한국으로 돌아온 건 죽음을 눈앞에 둔 엄마의 간절한 소원 때문이었다. 어린아이로 떠났다가 청년이 되어 돌아온 그를 보며 엄마는 하염없이 눈물을 흘렸다. 눈자위에 짙은 검버섯을 드리운 엄마는 이 세상에 혈육이라고는 우리들뿐이라는 것을 주지시켜주었다. 우리 둘의 손을 꼭 잡게 한 후 엄마는 숨을 거두었다.

내게 미래를 주기 위해 자신의 미래를 바쳤던 엄마가 남겨준 재산은 생각보다 많았다. 내겐 매우 요긴한 유산이었다. 대학교의 시간강사라는 공식적인 직함이 있긴 했지만 생계를 해결해줄 만한 직업은 아니었기 때문이었다. 그는 필요 없다고 했다.

"그런 것 따위에 매이고 싶지 않아."

"무언가는 해야 할 거 아냐. 그러려면 돈이 필요해."

"상관없어. 난 아무것도 하지 않을 거니까."

그가 모든 상속을 포기했기에 나는 집과 내 화실과 매달 나오는 건물 임대료를 지키게 되었다. 나는 그림을 계속 그릴 수 있는 경제력을 가지게 되었지만 동시에 '그'라는 족쇄도 함께 차게 되었다.

왜냐하면 그는

정말,

아무것도,

하지 않았다.

삼십 평대 아파트인 우리 집은 방이 세 개였다. 나는 내 방과 그림방을 그대로 썼고 그는 엄마가 쓰던 안방을 썼다. 그는 하루 종일 방 안에서 빈둥대었다. 집안일에도 손끝 하나 까닥하지 않았다. 밥도 내가 주면 먹었고 안 주면 굶었다. 냉장고 안엔 과자나 빵 같은 군것질거리들을 쟁여놨다. 즉석 밥도 있었고 일주일에 한 번씩 도우미 아줌마가 와서 반찬도 해놓았다. 그러나 어느 것이든 자기 손으로 꺼내 먹는 일은 없었다. 식탁 위에 배달 음식점 전화번호를 다닥다닥 붙여두었다. 하지만 그가 전화하는 일은 없었다.

그건 정말 아무것도 안 하는 것이 아니었다. 정말, 정말, 정말 아무것도 안 하기 시작한 것은 내 첫 전시회 날을 두 달 앞두었을 때부터였다.

첫 전시회여서 나는 정말 긴장되었다. 바쁘기도 무척 바빴다. 본격적인 작업은 시 외곽에 빌린 화실에서 하고 있었기 때문에 거의 외부 화실에서 살다시피 했다. 집에 와도 그림방에 박혀 있었다. 그러면서 일주일에 두 번 나가는 시간강사 일도 게을리하지 않았다. 그는 여전히 아무것도 하지 않고 눈코 뜰 새 없이 바쁜 나를 이해할 수 없다는 듯 보고만 있었다.

강의가 있던 날이었다. 일 초의 시간도 아끼려고 아침에 눈을 뜨는 즉시 가스 불에 물을 담은 냄비를 올려놓았다. 물이 끓는 동안 세수하고 라면을 두 개 넣고 라면이 익는 사이에 옷을 입었다. 대충 빗질까지 한 후 보니 라면은 조금 퍼져 있었다. 행주로 냄비 손잡이를 잡아 식탁 위에 올렸다. 그러는 동안 그는 식탁 앞에 앉아 부엌과 방을 분주하게 오가는 나를 멀거니 보고 있었다.

그때쯤엔 나도 그가 무언가를 할 거라는 생각은 포기한 뒤였기에 화도 나지 않았다. 굶어 죽는 꼴을 보지 않으려면 그렇게 바쁜 중에도 아침을 챙겨줄 수밖에 없었다.

나는 냉장고에서 김치를 통째 꺼내 그 앞에 앉았다. 냄비의 라면을 그릇에 담아 그에게 주고 나는 냄비를 차지했다. 설거지 그릇을 하나라도 아끼기 위해서였다. 시간을 넘긴 라면은 퉁퉁 불어 물기도 별로 없었다. 그가 중얼댔다.

"푹 퍼졌네."

끓는 라면만큼 심사가 부글댔다.

"손끝 하나 까딱하지 않는 주제에 무슨 불평이야. 이것도 감사한 줄이나 알고 처먹어."

"먹어야 한다는 건 참 성가신 일이야."

그는 퉁퉁 불어가고 있는 라면을 물끄러미 보고 있었다. 후루룩대며 서둘러 라면을 흡입하고 있던 나는 소리를 꽥 질렀다.

"젠장, 이젠 떠먹여주기까지 해야 돼?"

"먹는 것에 매인다는 게 너무 어리석다는 생각이 들어서 그래."

"그럼 먹지 말든가."

인내심에 바닥이 보이기 시작했지만 그는 진지하게 고개를 끄덕였다.

"맞아, 먹는 일에서 벗어나야겠어."

"잘됐네. 그러면 나도 널 처먹이는 일에서 해방되는 거고."

젓가락을 내려놓고 나는 자리에서 일어섰다. 그런데 그는 그날부터 정말 음식을 먹지 않았다.

내가 라면이나 빵조각으로 대충 아침을 때우는 동안 그는 방 안에 틀어박혀 나오지 않았다. 들여다보면 그는 가부좌를 한 채 인도의 요가승처럼 꼼짝하지 않고 앉아 있었다. 저녁에 집에 돌아와서 보면 여전히 그 자세 그대로였다. 즉석요리로 채워둔 냉장고도, 군것질거리로 가득한 찬장도 전혀 손댄 흔적이 없었다. 그러다 말겠지 했는데 시간이 길어지면서 슬슬 걱정이 되었다. 일부러 치킨이나 피자 같은 냄새 많이 풍기는 음식들을 들고 들어와 유혹하기도 했다. 하지만 흔들림이 없었다.

저녁에 현관문을 열고 들어서면 조마조마했다, 혹시 그사이 무슨 일이 벌어진 건 아닐까 은근히 겁도 났다. 여전히 가부좌를 한 채 그 자리 그대로 앉아 있는 그를 보면 안심도 되고 부아도 나서 저절로 욕이 터져 나왔다.

미친놈.

그가 방을 나오는 것은 화장실 갈 때밖에 없었는데 점점 그런 일도 뜸해졌다. 얼마 있지 않아 그마저도 사라졌다. 화장실도 가지 않았다는 뜻이다. 그렇게 하루 이틀, 일주일 한 달.

마침내 그가 스스로 방을 나왔다. 편안하고 행복해 보이는 얼굴이었다. 나는 먹지 않기로 한 그가 딱했다. 먹는다는 것은 얼마나 행복한 일인가. 때로는 귀찮기도 하지만 내 존재를 증거하고 사람들 속에 속하게 하는 힘이기도 했다.

"먹지도 않고 똥도 싸지 않고 아무 일도 하지 않고, 도대체 네가 살아가는 이유가 뭐야?"

그가 말했다.

"먹는 거나 똥 싸는 거나 일 같은, 그 모든 것에 조종당하지 않는 것이 내가 사는 이유야."

전시회 날이 되었다.

나는 캐주얼한 재킷과 청바지를 입었다. 내 제자가 사준 것이다. '제자였던'이라고 표현을 고쳐야겠다. 그때쯤 우리는 연인이 되었으니까. 그녀는 내가 정장보다 캐주얼한 차림이 어울린다며 백화점을 몇 군데나 돌아다니며 골라왔다. 세련된 그녀의 안목으로 고른 옷이라 내 마음에도 들었다.

대신 그에게 내가 입으려 생각했던 양복을 내밀었다. 첫 출근 날 엄마가 마련해주었던 고급 양복이었다. 그는 마음에 들지 않는 얼굴이었다.

"왜 이런 걸 입어야 해?"

"사람들이 올 거니까 예의를 지켜야지."

몇 번이나 다그친 뒤에 그는 마지못해 옷을 받아 들었다. 늘 트레이닝복이나 티셔츠를 입고 다니던 그가 양복을 입은 모습은 훤

칠했다. 적당한 키에 흰 피부에 이목구비가 분명해서 그만하면 잘 생긴 편이었다. 나를 꼭 닮은 쌍둥이 그를 보고 그렇게 말하기는 좀 면구스럽긴 하지만.

"이건 사람이 옷을 입는 게 아니라 옷이 사람을 입는 꼴이잖아."

그는 거울 속의 자신을 보며 곰곰이 생각하고 있었다. 그가 생각 하기 시작하는 건 좋은 징조가 아니었다. 생각하지 못하게 그의 팔 을 잡아당기며 가자고 했다. 그가 내 손을 밀어냈다.

"벗고 싶어."

"안 돼!"

나는 소리쳤다. 하지만 늦었다. 그는 이미 재킷을 벗어던지고 넥 타이를 풀고 있었다. 바지를 벗는 것을 보며 나는 돌아섰다. 그대로 현관문으로 향했다. 콰쾅! 내 마음을 대신하여 등 뒤에서 문이 부서 질 듯 고함을 질렀다.

첫 전시회여서 선배나 동료, 후배들이 많이 와주었다. 사람들과 이야기를 나누고 덕담을 듣고 때로는 그림 설명을 하면서도 저절로 입구 쪽에 눈이 갔다. 어쩌면 나는 내가 이뤄낸 것들을 그에게 자랑 하고 싶어 했는지도 모르겠다. 나의 꿈이 첫출발을 하는 날이 아니 었던가.

그는 끝내 오지 않았다.

하지만 그게 얼마나 다행한 일이었는지는 집으로 돌아가 현관문 을 여는 순간 깨달았다.

회식 후 몇 잔 마신 술에 취기도 조금 오른 상태였던 나는 너무 놀라 술이 다 깨는 거 같았다. 그가 옷을 다 벗고 완전한 나체로 서 있었기 때문이었다. 사람의 눈이 한 번에 볼 수 있는 범위가 얼마나 넓은지 처음으로 알았다. 아무리 안 보려 해도 늘어진 그의 성기까지 보여 눈 둘 곳을 찾을 수 없었다.

"이제부터 아무것도 안 입기로 했어."

그는 덤덤하게 말했다.

"사람을 조이는 게 음식보다 옷이 더하다는 걸 알았거든."

나체는 익숙했다. 그림을 그리면서 수많은 나체들을 보았고 그들을 어떻게 하면 아름답게 그려낼까 고민도 많이 했다. 하지만 그는 작품이 아니라 생활이었다. 천연스레 돌아다니는 그가 마치 벌거벗은 나를 보는 거 같아 더욱 민망스러웠다. 내가 질색을 하거나 말거나 옷을 입으라고 소리쳐도 그의 귀에는 들리지 않는 듯했다. 나는 그림방으로 들어가 문을 닫아버렸다. 보지 않는 것밖에 방법이 없었다.

다음 날 전시회장으로 나갔다가 도우미 아줌마의 전화를 받았다. 아차, 싶었다. 아줌마가 오는 날이었던 걸 깜빡했었다. 아니나 다를까 아줌마는 씩씩대며 다발총처럼 말을 쏟아냈다.

"……남의 집 일 하러 다닌다고 사람을 아주 우습게 아나 보네. 그 미친놈이 있는 이상 다신 안 갈 거요!"

번호 키를 눌러 집에 들어온 아줌마는 개수대에 담긴 설거지부터 시작했다. 그가 방에서 나와 인사를 했다. 여기까지는 다른 날과 같았다. 하지만 그를 돌아본 순간 아줌마는 기절할 듯 놀랐다. 위기

감마저 든 아줌마는 벌거벗은 그를 쫓아 보내기 위해 손에 잡히는 아무거나 그를 향해 던졌다. 냄비가 날아가고 국자, 젓가락이 날아가고 행주, 수세미, 주방세제 통이 날았다. 머리에, 등짝에 얼굴에, 사정없이 날아온 주방도구에 놀란 그는 방으로 쫓겨났다.

나는 허둥지둥 집으로 돌아갔다. 아줌마는 가고 없었고 집 안은 폭격 맞은 거처럼 어지러웠다. 그는 안방 한쪽 구석에 잔뜩 시르죽은 채 웅크리고 있었다. 그 꼴을 보니 팽팽하게 부풀었던 풍선에 바람 빠지듯, 벼르고 왔던 전의가 푸시시 사라져갔다. 등짝에 벌건 줄이 죽죽 나 있었고 이곳저곳에 멍과 생채기가 벌겋고 퍼렇게 나 있었다. 설거지통에 칼이 들어 있지 않았던 것만도 천만다행이었다. 요리 같은 걸 하지 않았던 덕분이었다.

나는 상처에 연고를 발라주며 소리쳤다.

"너만 편하면 돼? 누군 자유롭기 싫어서 규칙과 규범을 만들어 놓고 사는 줄 알아?"

"인사를 하려 했을 뿐이었어."

그가 풀 죽은 목소리로 변명했다.

속옷과 내 트레이닝 상하복을 꺼내 그 앞에 던져주었다. 그는 멀거니 보고 있었다. 생각하게 하면 안 된다. 나는 사정없이 몰아쳤다.

"오만하게 굴지 마! 세상이 오직 너만을 위해 존재하는 건 아니라고!"

사납게 그의 손을 끌어 옷들을 쥐여주었다. 더 이상 거부하지 않고 그는 힘없이 받았다.

이후 그는 벗고 다니지는 않았지만 속옷은 입지 않았다. 트레이닝복이라도 입었으니 나도 그 정도에서 타협하기로 했다. 하지만 그가 옷 대신 다른 자유를 찾아 나섰던 것은 나중에 알았다.

전시회 마지막 날, 강의가 있던 날이라 강의를 마치고 돌아오니 자리를 지키고 있던 '제자였던' 그녀가 물어왔다.

"혹시 낮에 왔다 갔어요?"

"아니, 왜?"

"이상하네. 꿈을 꾼 건가? 아니, 존 적도 없었는데……."

그녀의 말로는 트레이닝복 입은 사람이 왔다 갔는데 나와 무척 닮은 사람이었다 했다. 근데 들어오는 것도 보지 못했는데 어느 순간 사라지고 없더라며 그녀는 갸우뚱했다.

집에 돌아오니 그가 있었다. 내 전시회에 왔던 게 사실이었다.

"어땠어?"

어쩌면 나는 위로를 받고 싶었던 건지 모른다. 나의 첫 전시회는 실패라고 해야 할 것이다. 그림은 딱 한 점 팔렸다. 그 한 점은 보다 못한 그녀가 사준 것이었으니 실제 팔린 건 없다고 해야 할 것이다. 평도 그리 좋지 않았다. 내 그림이 기존 틀을 벗어나지 못했고 상상력도 부족하다고 했다. 나만이 할 수 있는 독창적인 것을 찾아보라고 조언해주는 선배도 있었다.

"내가 들어가 보고 싶은 그림들은 없었어."

나는 내 어리석음을 질타했다. 이런 바보, 그에게 묻다니.

"미친…… 네가 손오공이냐? 아무 데나 들어가게."

그렇잖아도 편치 못한 심사가 뒤틀려왔다. 그는 천진한 표정으로 말했다.

"응, 옷처럼 공간을 벗어버리면 되거든."

나는 그와 더 말을 섞고 싶지 않아 돌아섰다. 하지만 사실이었다. 그는 옷을 벗어던지지 못하는 대신 공간을 벗어버리는 법을 찾아냈던 것이다.

그는 어디든 갔고 있고 싶은 곳 어디든 있었다. 음식이나 잠에서도 벗어났으니 어디에 있든 불편함을 느낄 리도 없었다. 그를 집에서 보는 시간이 점점 드물어졌다. 출근하는 길에 하염없이 걸어가는 그를 발견하기도 하고 퇴근길에는 공원 벤치에 앉아 떨어지고 있는 낙엽을 보고 있는 그를 보기도 했다. 마치 나간 적도 없었다는 듯 집 안을 어슬렁대며 돌아다니고 있기도 했다. 장소만 다양해졌을 뿐 어디서든 아무것도 하지 않기는 마찬가지였다.

시월 말이 되자 바람이 차가워졌다. 차를 몰고 가던 나는 길에서 우두커니 서 있는 있는 그를 보았다. 얇은 여름 트레이닝복 차림이었다. 나는 그 앞에 차를 세웠다. 창문을 내리고 부르자 그가 돌아보았다. 거리가 소란스러워 목소리를 높여야만 했다.

"옷을 바꿔 입어야 해."

"이 옷도 규칙에 벗어나는 거야?"

"너 때문이야. 그러다 얼어죽어."

"나는 상관없어."

뒤에서 빵빵, 클랙슨 소리가 났다. 돌아보니 순식간에 차들이 밀려 있었다. 나는 다시 차를 움직이며 말했다.

"어쨌건 오늘은 집에 와!"

그는 집에 오지 않았다. 그다음 날도 또 그다음 날도. 일주일 후 전혀 엉뚱한 곳에서 연락이 왔다. 그는 유치장 안에 있었다. 그를 데리러 갔더니 경찰관은 신분 확인을 할 수 없어 애먹었다고 고개를 절레절레 저었다. 처음에는 벙어리인 줄 알았다고 한다. 아무리 말을 걸어도 입만 꾹 다물고 있어 환장할 노릇이었다고 했다. 지문으로도 신원을 알 수 없었던 것이다. 그는 뉴질랜드 영주권자였고 이 땅에서는 그의 이름으로 된 기록은 없었다.

나는 그가 어디서 또 옷을 벗고 돌아다니다 걸렸나 했다. 하지만 그의 죄목을 들었을 때 저절로 입이 떡 벌어졌다.

"절도입니다."

편의점에서 이것저것 들고 나가다 걸렸다고 한다.

훔친 물건은 편의점 앞 공원의 으슥한 나무 밑에 고스란히 감춰져 있었고 장소를 가르쳐주어 다 회수했다고 했다. 주로 캔이나 플라스틱 아이들 장난감 같은, 금액상으로도 크지 않고 하루이틀 밖에 있다 해도 상품에 이상이 생길 것도 없는 그런 것들이었다.

"필요한 것도 아니면서 왜 훔친 건지 모르겠어요. 주인도 선처를 바라고 물건도 다 회수해서 훈방 조치하려고 했지요. 그런데 오히려 지가 안 나가겠다고 버티네요."

경찰관은 이 골치 아픈 절도범을 한시라도 빨리 내보내고 싶어

했다. 그동안 아무것도 먹질 않았기 때문이다. 그의 단식을 이해할
리 없는 경찰관들은 유치장 안에서 일이라도 치를까 불안해하고 있
었다.

그는 순순히 나를 따라 나왔다. 왜 그런 짓을 했느냐고 묻자 그
는 덤덤하게 대답했다.

"더 넓은 공간으로 이동할 수 있는 강한 힘을 얻으려고."

"유치장에 그게 있다고 생각했어?"

"폭발력이 필요했어. 자유를 박탈당했을 때의 절망감을 극대화
시켜야 했거든."

"너보다 내가 먼저 폭발하겠다."

그는 한동안 집을 떠나지 않았다. 하지만 그것은 폭풍전야의 고
요함이었다. 더 멀리 떠날 준비를 하고 있다는 걸 나는 알 수 있었
다. 그는 폭발력을 얻었고 불이 붙기만 하면 되었다. 어느 순간 강
한 추진력으로 땅을 박차고 날아가버릴 것이다.

그 무렵 '제자였던' 그녀가 이별을 통고했다. 그전부터 꿈꾸던
해외 유학이 결정된 것이다. 그녀의 꿈은 크고 화려했다. 그 속에
나는 들어갈 수도 없었고 잡을 수가 없었다. 나를 위해 자신의 미래
를 포기하지 않을 것을 알기에 쿨한 척 축복을 빌어주었다. 오히려
그녀가 눈물을 비쳤지만 나는 끝까지 미소를 잃지 않으며 그녀와
헤어졌다.

택시에 태워 그녀를 보낼 때는 손도 흔들어주었다. 택시가 멀어
지자 그때까지 힘을 다해 버티던 다리가 휘청댔다. 눈에 보이는 아

무 술집에 들어갔다. 그날 나는 내 평생 가장 많은 술을 마셨던 거 같다. 취해 쓰러지고 싶었다. 그러나 정신은 더 또렷해졌고 택시 안에서 뒤를 돌아보던 그녀의 슬픈 눈동자만 점점 더 선명했다.

비틀대며 집으로 돌아왔다. 그는 없었다. 나는 그의 방문을 열어놓고 빈방을 오랫동안 보았다. 엄마가 쓰던 방은 아직 엄마의 자취가 지워지지 않고 있었다. 엄마의 손때로 반질해진 장롱과 작은 화장대, 그러나 어디에도 그의 흔적은 없었다. 그는 처음부터 존재하지 않았던 것 같았다. 가슴 저 밑에서 억누르고 있던 울음이 스멀스멀 기어오르기 시작했다.

나는 털썩 주저앉았다. 두 손으로 머리를 싸매며 마침내 터져 나오는 내 울음소리를 들었다.

<u>으으으흐</u>,

아침이 되면 저절로 눈이 떨어졌다. 머릿속은 멍했고 가슴에는 돌을 올려놓은 듯 무거웠다. 일어나기 싫어 한참 동안 뭉그적댔다.

누워 있어도 편치 않았다. 불안감이 스멀스멀 나를 압박해오기 시작했다. 무겁게 몸을 일으켰다. 일어나 거실로 나갔다. 텅 빈 거실이 넓어 보였다. 거실에 서서 한참 동안 두리번댔다. 무언가를 하지 않으면 안 될 거 같은 강박증이 밀려왔지만 막상 무얼 해야 할지 알 수 없었다. 일주일에 두 번 나가던 학교도 방학이었고 내가 챙겨주어야 할 사람도 없었고 나를 찾아올 사람도 없었다. 머릿속은 헝클어진 실타래처럼 어수선하고 불안하고 초조했다. 이리저리 집

안을 서성대거나 돌아다녔다. 아무것도 하지 않았는데 시간이 되면 배가 고팠다. 그를 위해 이곳저곳 붙여둔 배달 음식 광고지 중 눈에 먼저 뜨이는 번호로 전화를 했다. 중국집이었다. 저녁도 그다음 날도 짜장면, 족발, 피자 같은 걸로 끼니를 때웠다. 점점 쓰레기가 쌓여갔다. 내가 만들어내는 쓰레기들이 나를 옥죄어왔다. 쓰레기만이 아니었다. 내가 존재함을 증명해온 수많은 물건들이 나를 짓눌렀다.

장롱 문을 열어보았다. 엄마가 세상을 떠난 지 한참 되었지만 엄마의 존재는 여전히 물건들과 함께 남아 있었다. 찬장 안은 더 그랬다. 그릇들은 모두 엄마가 장만했던 것들이었다. 그 그릇에 함께 식사하던 엄마의 모습이 떠올랐다. 집 안은 많은 물건들이 엄마와 내가 살아온 궤적만큼 쌓여 있었다. 내 존재가 버거웠다. 가벼워지고 싶었다.

나는 손에 잡히는 대로 끄집어내고 내다버렸다. 잘 입지 않던 옷들, 엄마가 쓰던 그릇들, 책들이 사라져갔다. 많은 것들을 버렸지만 막상 정리는 되지 않았다. 끄집어낸 물건들로 집 안은 오히려 더 어지러워졌다.

늘어놓은 물건들을 피해 나는 그림방으로 도망쳤다.

방 한가운데에 이젤이 세워져 있고 그 위에 캔버스가 펼쳐져 있었다. 주변에는 물감 통들이 늘어서 있었다. 개인전에 내놓았던 그림들을 모두 외부 화실에 보관하고 있는데도 많은 캔버스들이 벽에 쌓여 있었다. 늘 나를 행복하게 해주던 그림방이었는데 벽에 곰비

임비 늘어선 그림들이 답답했다.

창밖에는 보슬비가 내리고 있었다. 낮인데도 방 안은 어두웠다. 으스스했지만 불을 켜는 것도 난방을 켜는 것도 귀찮았다. 길 건너편 건물 앞에 플래카드가 바람에 휘날렸다. 건물을 임대한다는 내용이었다. 그 앞으로 한 여자가 우산을 들고 천천히 걸어가고 있었다. 우산도 없이 손으로 머리를 가리며 목을 움츠린 한 남자가 잰걸음으로 여자를 지나쳐갔다.

차도에는 차들이 젖은 도로를 미끄러지듯 달려갔다. 도로에 비친 차들이 지상의 차와 바퀴를 맞대고 같이 달려갔다. 하늘은 회색이었고 을씨년스러웠다. 달리는 차들 사이로 오토바이 한 대가 아슬아슬하게 비껴 지나쳤다. 비옷으로 중무장한 남자의 뒤에는 빨간 배달용 피자 통이 올려 있었다.

창밖의 세상은 여전히 분주했지만 방 안에는 시간이 무겁게 고여 있었다. 바닥에 쭈그리고 앉아 캔버스들을 하나하나 살펴보았다. 완성된 것도 있지만 미완성인 것들도 많았다. 작품을 시작했을 때의 번득임은 시든 꽃처럼 힘을 잃어버리고 있었다. 헛헛했다. 무엇을 위해 이렇게 많은 것들을 만들려 했을까. 모두 없애버리고 싶은 욕구가 스멀스멀 뱀처럼 머리를 치켜들었다. 신경을 더 긁어대는 것은 미완성작들이었다.

미완성작이라고 이름도 붙일 수 없는 것도 있었다. 푸른색으로 캔버스에 밑칠만 한 것이었다. 마침표는 찍어야 한다는 강박증이 나를 짓눌렀다. 이 방 밖으로도 내보내기 위해서라도 어떤 식이든

끝을 내야만 할 거 같았다. 나는 밑칠만 된 캔버스를 들고 일어섰다. 이젤에 올렸다. 캔버스를 바라보며 오랫동안 앉아 있었다. 창을 통해 길게 들어온 빛이 캔버스를 비추었다. 어느새 비는 그쳐 있었다. 이울기 시작하는 빛을 받은 캔버스는 시시각각 색이 변해갔다.

푸른색은 청록색이 검보라가 되었다가 모든 빛이 뒤섞인 혼돈의 색으로 바뀌었다. 순간 저 아래에서 무엇인가 약한 울림이 느껴졌다. 울림은 점점 커져갔다. 터질 듯한 흔들림에 온몸이 떨려왔다. 그가 말했던 폭발력이 이런 것일까. 허둥지둥 붓을 잡았다. 붓이 제멋대로 움직이기 시작했다.

빛이, 어둠이, 바람이, 그리고 붉고 푸른 수많은 공간들이 만들어지기 시작했다.

내가 그리는 것이 아니었다. 나는 붓이 움직이는 대로 따라만 가고 있었다.

그리고 그 속에 그가 있었다.

임금님 귀는 당나귀 귀

임금님 귀는 당나귀 귀

RE : 저도 안타깝게는 생각하지만 어쩌겠습니까. 파고들수록 상처만 커질 거 같아 그게 염려스러울 따름입니다.

귓속이 가려웠다. 마우스를 놓고 손을 들어 새끼손가락으로 귓속을 후볐다. 손톱이 귓벽을 할퀴었다. 나는 컴퓨터 책상 위 손 가까운 곳에 놓아둔 면봉을 집어 귀를 후볐다. 후빌수록 더욱 가려워졌다. 면봉을 잡은 엄지와 검지에 힘을 주었다.

의사는 중이염은 아니라고 했었다. 불결한 거로 귀를 후볐던 적 없습니까? 가느다란 철사를 귓속에 집어넣어 연고를 발라주며 의사는 심상하게 물었다. 30분이나 기다려 만났던 의사였지만 치료는 3분이나 걸렸을까. 새끼손가락으로 수시로 후비긴 했었다. 화장실에 다녀와서도 손 씻는 것은 곧잘 잊어버리니까 나의 새끼손가락은 분명히 '불결한 거'에 속할 것이다. 간호사가 시키는 대로 의자에 앉아 적외선을 귀에 쬐었다. 그 순간은 한결 시원했었다.

면봉으로 귓속 벽을 마구 문질러대었다. 가려움이 조금 멎었다. 툭, 면봉의 가느다란 나무가 부러졌다. 나무 끝에 달린 면에 피가 벌겋게 묻어 나왔다. 다시 새 면봉으로 귀를 후벼댔다. 귀가 더 부풀어 오른 느낌이었다.

나는 화장실로 갔다. 가자미눈을 만들어 거울 속으로 귀를 보았다. 귀가 커져 있었다.

다시 병원을 찾았을 때는 의사가 아는 체 인사를 해왔다. 가려움이 좀 나아졌지요? 친절하게 물어오는 의사의 얼굴에 대고 나는 차마 치료 전과 똑같다는 말을 할 수가 없었다.

네, 좀 나아진 것 같아요.

의사는 만족스러운 미소를 지으며 귓속에 연고를 발랐다.

근데 선생님, 귀가 부은 것 같아요.

의사는 갸우뚱했다.

좀 봐주세요. 지난번 왔을 때보다 분명히 커졌거든요.

글쎄요.

세 번째 병원을 찾았을 때는 의사도 마지못한 듯 맞장구 쳐주었다.

귀가 좀 큰 편이긴 하네요.

아니에요. 내 귀는 원래 크지 않아요. 커진 거라니까요.

그럴 수도 있겠죠.

하루 종일 환자들에게 시달렸을 의사는 피곤한 기색이 역력했다. 병원 문 닫기 직전에 찾아온 마지막 환자라는 것이 미안했다. 나는 조심스레 물었다.

가려움증하고 귀가 커진 것하고 관련이 있나요?

그런 걸로 귀가 커지진 않아요. 단순한 습진이라고 했잖습니까.

의사는 짜증을 감추지 못했다.

내가 혹시 의사의 권위를 손상시킨 건 아닌가 염려스러워졌다. 나는 우물우물 의사 앞을 물러나왔다.

거울 앞에서 아무리 봐도 귀는 지난번보다 커져 있었다. 내 귀에 대해 알 만한 사람, 얼핏 외숙모가 머리에 떠올랐지만 결국 엄마에게 전화를 했다. 내 목소리를 듣자 엄마가 퉁명스레 말했다.

네가 웬일이니? 전화를 다 하고.

나는 대번 주눅 들어버렸다. 엄마를 만나지 못한 지 얼마나 되었더라? 적어도 올해 안에는 없었다는 것을 깨달았다.

무슨 일 있어?

아뇨, 그냥 잘 계신가 해서……. 나는 더듬대었다.

말해봐. 네가 일 없이 내게 전화했을 리는 없으니.

엄마는 내 속까지 이미 꿰뚫고 있었다.

엄마를 못 뵌 지 오래된 것 같아서, 궁금해서, 그냥…….

엄마는 조금 기분이 좋아진 것 같았다. 말투가 한결 누그러졌다.

살다 보니 네게 그런 소리를 다 들어보네. 이제야 네가 철이 들려나 보다. 제 에미 죽었는지 살았는지 챙길 줄도 알고. 한번 내려와라. 나도 네 꼴이 어떤지 보고 싶으니.

그리고 엄마는 요새는 기운이 없고 허리도 아프고, 뉘 집은 자식 덕에 해외여행을 했고, 누구네 집에서는 결혼을 했고 하는 이야기를 한참 늘어놓았다. 나는 엄마에게 전화를 건 걸 후회하며 참을성 있게 들었다. 마침내 엄마가 물어왔다.

그래, 너는 요즘 어떻게 지내는 거냐?

나는 주저하며 말했다.

제 귀가 원래 큰 편이었어요?

왜?

요즘 귀가 자꾸 커지고 있는 거 같아서요.

부은 건 아니고?

나도 첨에는 부은 건가 했는데 그냥 커진 것 같아요.

그럴 수도 있겠지. 성철이는 애까지 낳고 난 다음에 키가 삼 센티나 더 자랐다던데. 성철이 알지? 우리 가게 옆의 슈퍼 집 농땡이. 너보다 아마 세 살이 더 많을 거야.

그래서 나는 다시 성철의 아이들이 제 부모와 달리 얼마나 공부를 잘하는지에 대해서 한참 더 이야기를 들어야 했다. 성철의 이야기가 어느 정도 끝난 후 엄마는 말했다.

사진으로 보내봐. 내가 봐야 커진 건지 아닌지 알지.

귓속에서 무언가 흐르는 것이 느껴졌다. 나는 휴지를 집어 닦아냈다. 분홍색 진물이었다. 왜 그래? 엄마는 전화기 너머에서도 나를 지켜보고 있었다.

귀가 자꾸 가려워요.

누가 네 흉이라도 보나 보다. 하기사 안 그렇겠니. 네가 오죽 무뚝뚝해야 말이지.

나는 엄마 입에서 또 다른 이야기가 나오기 전에 미안하다고 말하고 전화를 끊었다.

다시 면봉으로 귀를 후벼댔다. 예민해진 귓속을 면봉이 휘저어대자 야릇한 오르가슴마저 느껴졌다. 나는 귀를 후비면서 생각했다. 귀가 커진 것이 가려움과 같은 시기였을까, 전 혹은 후였을까.

RE : 저는 남의 분쟁에 끼어들고 싶지 않아요.

컴퓨터에 새 메일이 들어왔다. '내일까지는 글을 꼭 좀 보내주세요.' 보험회사 사보지 편집장이었다. 총 지면이라고 해봤자 50매 남짓인 월간지였다. 그중 '이달에 만난 사람'이라는 지면을 맡은 것이 세 달 전이었다.

이달에 만난 사람은 투우대회 해설자였다. 그를 만나기 위해 사진작가와 함께 지난주 충북 보은에 갔다. 보은에 들어서자 투우축제를 알리는 현수막이 곳곳에 걸려 있어서 장소를 찾는 것은 어렵지 않았다.

나는 남과 다퉈본 기억이 없다. 영화도 싸움에 관련된 영화라든지 별 이유 없이 피 흘리는 장면이 나오면 질색했다. 그런 내가 소싸움을 취재해야 한다는 것은 마음먹기 쉬운 일은 아니었다. 싫다고 할 수는 없었다. 당장 한 푼의 수입이 아쉬운 터라 일거리를 주는 것만도 감지덕지였다.

다행인 것은 내가 만나야 하는 사람은 투우 주인이 아니라 투우 대회 전문 해설자였다는 점이다. 충분히 사람들의 흥미를 끌 만한 낯선 직업이었다.

나는 책상 서랍을 열어 그와 했던 인터뷰 내용을 적은 수첩과 녹음기를 꺼냈다. 녹음기에서 그의 목소리가 흘러나왔다. 녹음된 소리는 복제된 인간을 보는 듯 생명력을 느낄 수 없었다. 녹음기를 껐다. 요점을 적어둔 수첩을 참고로 해서 머릿속에 남은 그의 이미지를 살려내는 쪽이 나을 것 같다.

소싸움은 내가 미리 걱정했던 것처럼, 얼마간은 난폭했고 피 흘리는 모습도 있었다. 동물들을 싸움 붙여놓고 즐기는 인간들의 모습이 얼마나 잔인한가, 라는 생각도 했다. 그런데 소들의 싸움은 생각보다 매우 신사적―소에게 이런 표현이 맞는지는 모르겠지만―이었다.

소들은 무조건 싸우는 것이 아니었다. 나름대로 작전을 세우고 있었다. 투우장에 먼저 들어와 미리 포효를 하여 상대의 기를 제압하기도 하는 소들도 있었다. 그 포효에 기가 질려 투우장에 들어가지 않아 한번 싸워보지도 못하고 기권 패를 당하는 소도 있었다.

소들은 싸울 준비가 되어 있지 않는 상대에게는 공격하지 않았지만 일단 싸움이 붙으면 뿔을 맞대고 추호도 밀리지 않으려 힘을 다했다. 그런 치열한 싸움 중에도 어느 순간 상대가 등을 보이면 그것으로 싸움은 끝이 났다. 등을 보이는 상대에게는 절대 덤벼들지 않는 것이었다. 등을 보인 소들은 대개 전의를 잃어버리고 투우장을 빠져나갔지만 그렇지 않은 소들도 더러 있었다. 힘이 부쳐 등을 보인 채 헐떡대며 숨을 골랐다가, 충분한 휴식을 취한 뒤 다시 공격을 가해 역전을 시키는 경우도 있었다. 상대 소는 그때까지 기다려주었다. 지쳐 있을 때 간단하게 제압할 수 있었을 텐데 상대가 다시 싸울 의사를 보여줄 때까지 기다려주었다가 오히려 패배하고 만 소를 보면 딱하기도 했다.

최소한 소들은 비겁하지는 않았다. 고통스러웠을 그들의 승리는 축하받을 만했다.

하지만 회사에서는 그런 소들에 대한 글을 원하는 것이 아니었다. 내가 써야 할 내용은 그의 특이한 직업과 그 내력에 대한 것이었다. 나는 자판 위에 손가락을 올려놓고 말머리를 찾기 위해 고심했다. 오너가 원하는 글을 써주어야 했다. 이전 작가의 글이 오너 마음에 들지 않아 내게까지 온 일이었다. 글이 마음에 들면 지면을 더 맡길 수 있다는 뜻도 슬쩍 비쳐주었다. 교정 일도 잘 들어오지 않아 나는 요즘 많이 곤궁했다.

투우 해설자는 48세라는 나이가 믿기지 않을 만큼 동안이었고 철들어서부터 이때까지 소싸움 판을 쫓아다녔다는 사람 같지 않게 곱상한 모습이었다.

그를 만나기 전에 나는 소들끼리 싸움을 붙여놓고 그것을 직업으로 삼는 사람이니 어떠할 것이라는 선입견을 가지고 있었다. 그래서 싸움이라는 것에 대한 부정적인 생각부터 그에게 먼저 내보

였다. 그는 별로 탓하지도 않았다. 부드러운 미소를 지으며 아무것
도 모르면서 고집만 부리는 어린아이를 설득시키듯 차근차근 설명
했다.

　인간의 잣대로 생각하면 안 돼요. 싸움, 그게 결코 옳은 건 아니
죠. 그러나 동물들의 싸움은 인간들의 것과는 달라요. 그들은 생존
을 위해서 싸울 뿐이에요. 싸움소는 전부 수소예요. 수소들은 종족
보존이라는 본능을 가지고 있고 그 종족 보존을 위해 자신의 영역
을 지키려 들죠. 강한 종족만이 살아남을 수 있다는 것을 동물들은
알고 있죠. 수소들은 강한 유전자를 남기기 위해 힘을 과시하는 겁
니다. 따라서 힘에서 밀린 동물들은 깨끗이 승복하지요. 그런 동물
들의 속성을 이용하여 돈을 버는 사람들이라고 비난하는 것은, 고
기는 먹으면서 백정을 천시하던 양반들의 위선과 다를 바 없습니
다. 투우용 소들이 종족 보존을 할 수 있었던 것은 그런 존재의 이
유가 있었기 때문이니까요. 필요 없거나 힘이 없는 생명들은 도태
되기 마련입니다. 그러나 그 바탕에는 진심으로 소를 사랑하는 농
민들의 마음들이 깔려 있습니다. 저들이 소에게 얼마나 극진한 정
성을 기울이는지 아마 일반인들은 상상도 하지 못할 겁니다. 소들
도 그걸 압니다. 그래서 그 보답을 주인에게 안겨주고 싶어 하죠.
동물과 사람의 소통이죠. 말이 필요하지도 않아요. 그들은 서로의
마음을 읽고 있으니까요.

　나는 그의 말을 들으며 생각했다. 어느 부분에 방점을 두는 게
좋을까? 보험회사 사보니까 회사를 알리기 위한 효과도 거둘 수 있

어야 하지만 글이 너무 딱딱해져서도 안 된다.

신경을 써서일까 다시 귀가 가려웠다. 나는 손으로 귓바퀴를 마구 비벼댔다. 손바닥에 닿는 귓바퀴가 묵직한 느낌이었다. 귀가 손바닥 안에 가득 찼다. 분명히 귀는 자라고 있었다.

RE : 너무 예민하게 생각한 건 아닐까요? 사람들이 살아가는 모양새란 근본적으로는 어느 정도 비슷하니까요. 결국 본 듯한 장면들이 여기저기에서 나올 수밖에 없을 것 같은데요. 자칫 영역다툼처럼 비칠 수도 있을 것 같기도 하고.

책상에서 일어났다. 밀려나간 의자가 옷장에 부딪혔다. 침대, 책상 옷장, 그리고 간단한 취사 시설이 한 공간에 들어 있는 원룸이었다. 옷장 문을 열었다. 좁은 옷장이라 뒤적댈 것도 없이 문만 열면 무엇이 들어 있는지 한눈에 다 보였다. 그러나 모자는 얼른 보이지 않았다. 겨울옷을 따로 모아 봉해둔 상자 안에서 모자를 찾아냈다.

나는 모자가 잘 어울리는 편이 아니었다. 그래서 모자를 사본 적이 없었다. 이 모자는 2년 전 외숙모에게서 받은 것이다. 외숙모는 모자가 많았다. 유방암 치료를 받을 때 빠진 머리카락을 감추기 위해서 산 것들이었다.

외숙모는 필요하다면 다른 것도 가져가라고 했다.

체면 차릴 필요 없어. 내가 죽으면 어차피 다 버릴 물건들이야. 살아 있을 때 가지고 가는 게 덜 꺼림칙할 거야.

외숙모는 미국에 가기로 되어 있었다. 외삼촌이 돌아가시자 미국에 이민 가 있던 미정이 같이 살자고 부른 것이다. 큰 병까지 치렀던 외숙모라서 혼자 두는 게 불안해서 안 되겠다고 미정은 말했다.

외숙모는 묵은 살림이라 버릴 건 많아도 챙겨 갈 건 별로 없다고 했지만 그릇은 쓸 만하다고 엄마가 얼마간은 가져갔다.

나는 망설이다 말했다.

그러면 저 모자를 제가 해도 될까요?

물론이지.

외숙모는 기다렸다는 듯 대답했다.

네가 무얼 원하는 게 있다는 것만도 반갑다.

모자는 모양이 특이하지 않아서 좋았다. 평범한 갈색 면에 무난한 모양의 벙거지모자였는데 어딘지 멋스러운 데가 있었다. 외숙모는 평범해 보여도 비싸게 산 모자라고 했다. 그래서인지 그 모자만은 써도 어색하지 않았다.

떠나기 전에 외숙모는 내 손에 헝겊으로 만들어진 지갑을 쥐여주었다.

남은 돈이다. 이제 한국 돈은 필요 없을 테니 환전할 것도 없고 그냥 너 가져라.

안 받으려는 내 손에 한사코 쥐여주며 외숙모는 혀를 끌끌 찼다.

항상 위태위태해 보여서 원.

공항에서 외숙모는 한 번 더 혀를 찼다.

다른 미련은 없는데 널 두고 가는 게 제일 마음에 걸린다.

외숙모가 출국장으로 사라진 뒤 엄마가 입을 비쭉대었다.

제 자식도 아니면서 별 오지랖을 다 떨고 있어.

지갑 안에는 의외로 많은 돈이 들어 있었다. 동전도 많았지만 수표도 있어서 3백만 원은 훨씬 넘었다. 엄마에게 주려 했지만 엄마도 받지 않았다.

네게 준 건데 내가 왜 받니? 분명히 어디다 쓴 건지 국제전화로라도 꼬치꼬치 확인할 건데. 내가 가져갔다면 난리 날 게다.

엄마는 언짢은 기색을 감추지 못했다.

죽을 때가 되긴 됐나 보다. 그 구두쇠가 그리 인심 쓴 걸 보니.

엄마의 비난을 들으니 내가 죄를 지은 기분이 들었다.

나는 법적으로는 외숙모와 외삼촌의 딸로 되어 있었다. 그러나 외삼촌이 돌아가신 후 유산은 받지 못했다. 외숙모는 내게 포기각서를 요구했다. 당연한 일이라고 생각했기 때문에 나는 기꺼이 그렇게 했다. 그것 때문에 엄마는 외숙모가 다투었다. 그래서 빨리 끝내고 싶었다.

거울 앞에 섰다. 이제 귀는 눈에 뜨이게 커져 있었다. 모자를 썼다. 귀가 좀 가려지는 것 같았다. 병원에 가는 동안 모자 쓴 나를 유심히 보는 사람은 없었다.

의사도 이번에는 내 귀가 자랐다는 사실을 인정해주었다. 귓속에 연고를 발라준 후 의사는 말했다.

그렇군요. 귀가 자라고 있군요. 그러나 이비인후과에서는 귀가 자라는 것에 대해서는 치료해줄 수 없습니다.

나는 어디로 가야 하는지 물었다.

글쎄요…… 아마도 성형외과가 아닐까요.

그러나 성형외과에서도 난색을 표했다.

귀 성형이라면 얼마든지 할 수 있습니다만 자라고 있는 것을 멈추게 할 수는 없습니다. 나중에 더 이상 자라나지 않으면 그때 다시 오십시오. 예쁘게 다듬어드릴 테니.

Re : 그게 당신의 글이라는 걸 어떻게 알지요?

밤새 귀가 가려웠다. 일어나보니 귀는 더 자라 있었다. 이런 속도로 자란다면 외숙모의 모자도 내 귀를 감추어주지 못할지 모른다. 윤곽이 흐릿한 얼굴에 귀만 도드라져 있었다.

저래 흐리멍텅하게 생겨가지고 어디 시집이나 가겠나. 엄마가 내 얼굴을 탓했던 적이 있다.

엄마가 떠난 게 내가 여덟 살 때였다. 그러면 그보다 더 어린 나이 때 들은 이야기였을 것이다. 그런데도 아직까지 그 말을 또렷하게 기억하고 있다. 시집이란 개념도 아직 확립되지 않았을 때니 그걸 두려워했던 건 아닐 것이다. 어린 나는 그것이 엄마가 나를 버린 이유라고 생각했을지 모른다.

외삼촌 집에 있을 때 나는 얼굴만이 아니라 온몸을 흐릿하게 만들려고 애썼다. 또 버림을 받지 않기 위해 가급적 눈에 뜨이지 않으려 노력했다.

외삼촌은 세 식구였는데 당시 미정은 걸음마를 막 시작했을 때였다. 미정의 재롱에 외삼촌 집은 늘 화기애애했다. 나는 외삼촌 식구들이 모이면 눈치껏 그 자리를 피해주었다. 외삼촌 집은 마당이 넓은 한옥이었는데 다락방이 있었다. 나는 그곳을 좋아했다. 다락방에 들어가버리면 내가 어디 갔는지 아무도 몰랐다. 천장이 낮아 아이인 나도 허리를 굽혀야 될 정도이기에 어른들은 들어올 엄두도 내지 않았다. 먼지를 뒤집어쓴 온갖 잡동사니들이 잡다하게 쌓여 있어서 그곳에 사람이 있을 거라고는 아무도 생각하지 않았다. 누군가가 나를 찾으러 문을 연다고 해도 체구가 작은 편이던 내가 몸을 감추어버릴 만한 틈은 얼마든지 있었다.

등은 달려 있지 않았지만 밖으로 작은 창이 있어서 낮엔 그 창으로 실 같은 빛이 스며들어왔다. 나는 그 빛으로 엄마 찾아 삼만 리를 읽었고 암굴왕을 읽었다. 몽테크리스토 백작이란 어려운 제목이 따로 있다는 것을 나중에 알게 된 후에도 나는 암굴왕이란 제목으로 그 책을 기억했다.

어두움도 익숙해지기 마련이었다. 스며들어오는 형광등 빛, 혹은 달빛. 미약한 빛이라도 있으면 충분했다. 어두워 더 이상 글자가 보이지 않으면 다락방은 무한한 상상이 가능한 어둠으로 찬 우주 공간이 되기도 했다. 내 어린 시절 가장 행복했던 기억은 그 다락방에서의 시간이었다. 부족함이 없는 충만감이 무엇인지 그곳에서 처음으로 맛보았다.

다락방은 내가 투명인간이 되어 타인의 삶을 관찰하는 듯한 비밀스러운 즐거움도 주었다. 다락방에 있으면 집 안의 말소리들이 도란도란 잘 들렸다. 어느 구석에 처박혀 있겠지. 외숙모가 툴툴대는 소리가 들려오기도 했다. 애가 어쩌자고 그렇게 붙임성이 없는지. 안됐다는 생각에 잘해주려 해도 지가 받아들이지를 않으니. 제 귀염은 제가 만드는 법인데.

외숙모에게는 여자 형제가 두 명 있었다. 가까이 살았기 때문에 자주 찾아왔다. 그녀들이 오면 미정은 이모라 부르며 달려가 안겼다. 그러나 나는 외숙모를 끝내 엄마라고 부르지 못한 것처럼 그녀들에게도 이모라는 말을 하지 못했다. 그래서 호칭이 없는 그녀들이 찾아오면 더욱 모습을 드러낼 수가 없었다.

집 안에 식구들이 없으면 나는 마음 놓고 부스럭대며 다락방에서의 탐험을 했다. 잡동사니들은 내겐 모두 보물들이었다. 외숙모의 처녀 적 물건들과 외삼촌의 어린 시절부터의 기록, 엄마의 것도 있었지만 돌아가신 외할머니의 물건들이 제일 많았다. 천 조각들이었다. 돌아가신 외할머니는 한복점을 했었다고 했다. 어쩌다 천이 필요하면 쓰려니 하고 모아두었겠지만 내가 외삼촌 집에 있는 동안 그 천이 나온 것을 본 기억은 없었다. 미정의 아기 이불도 그 천 중의 하나로 만든 거라고 했지만 그건 외할머니가 돌아가시기 전에 만들어둔 것이었다. 외숙모는 바느질에는 취미가 없는 편이었다.

올해 신춘문예에 내가 내놓은 작품은 어두운 방 안에서 끊임없이 천 조각을 꿰매는 여자의 해체된 가정에 대한 글이었다. 최종심은 통과했다. 하지만 다시는 그 글을 다른 곳에 응모할 수 없게 됐다. 다른 문예지에 다른 사람이 내 것과 같은 글을 당선시켰기 때문이었다.

RE : 바느질에 관한 소재는 흔한 겁니다. 가족이 세 명이라는 공통점은 공통점이라고 할 수도 없습니다. 모두 흩어져 살고 있다는 식의 가정의 붕괴 역시 전혀 새로울 것도 없는 주제구요.

엄마는 나를 보고 소리쳤다.

제 새끼를 못 알아보는 에미가 어디 있냐. 아무리 꼴이 달라져도, 다른 곳에 산다고 해도 배 속에서 키웠고 진통을 겪고 낳은 제 새끼인 건 변함없는데.

수년 만에 엄마가 찾아왔을 때 나는 외숙모 등 뒤로 숨어버렸다.

이년이 왜 엄마를 보고 숨어.

엄마는 우악스레 내 손목을 끌어당겼다. 거친 말투와 거친 손을 가진 낯선 여자가 나는 무섭기만 했다.

십 년이 아니라 백 년 후에 만난들 몰라볼 것 같으냐, 이년아. 키가 아무리 커졌고 성숙해져도 내 눈에 너는 달라진 것 하나도 없었어. 근데 너는 어쩌면 제 에미를 몰라보는 거냐. 겨우 6년이었다, 겨우 6년.

'겨우 6년' 동안 나는 그전과 후, 어느 쪽에도 속하지 못한 두 명의 인간이 되어버린 것을 엄마는 알지 못했다.

엄마는 대전에서 조그마한 호프집을 하고 있었다. 어느 정도 자리를 잡자 엄마는 나를 찾아야겠다고 생각한 것이다.

사람들은 나를 착한 아이라고 말했다. 요즘 애들답지 않게 어쩌면 제 엄마에게 저리도 공손할까. 꼬박꼬박 존댓말 쓰고. 그러나 엄마는 그것을 좋아하지 않았다. 내가 더러는 떼를 피우고 고집도 부려주기를 원했다. 엄마와는 나눌 만한 이야기가 거의 없었다. 엄마는 나에 대해 몰랐고 나도 엄마에 대해 아는 것이 없었다. 엄마와 나는 공유할 만한 추억도 없었다.

외삼촌에게 용돈 받는 것이 불편했던 것만큼 엄마에게 돈을 받아야 하는 사실도 마음이 편치 않았다. 그래서 어떻게든 혼자 힘으로 해보려 애를 썼다. 내 용돈도 아르바이트를 해서 마련했다. 사람들은 기특하다고 했지만 엄마는 그것을 물에 기름 돌듯 한다고 표현했다.

엄마는 수시로 나의 소지품들을 뒤져보곤 했었다. 그 무렵 나는 하루도 빠지지 않고 일기를 쓰고 있었다. 감춘다고 했지만 결국 일기장을 들키고 말았다. 사춘기 시절의 일기장이란 감상적이고 어두울 수밖에 없었다. 죽음에 대한 이야기가 종종 쓰여 있었던 것 같다.

엄마는 일기장의 내용을 꼬투리 삼아 나를 힐난하다가 나중엔 두 다리까지 뻗치고 넋두리를 늘어놓았다.

이년아, 넌 도대체 뭔 불만이 그렇게도 많은 거야. 새끼하고 살아볼 방이라도 하나 구하려고 할 짓 못할 짓 다 해가며 몸이 부서져라 일만 해온 에미한테.

나는 죄의식에 사로잡혔다. 그대로 사라지고 싶을 만큼 자신이 미웠다. 그러나 일기장을 보고 그것으로 나를 몰아세우는 것이 억울하다는 생각도 들었다.

죄송해요. 하지만 다른 건 다 뒤져도 좋지만 제 일기장만은 안 보셨으면 좋겠어요.

기어들어가는 목소리로 보여준 나의 조그마한 반항에 엄마는 오히려 힘을 얻어 기세등등해졌다.

도무지 속을 보여주지 않으니 그렇게라도 내 자식 속을 좀 보려고 했다, 이년아. 에미가 그 정도 권한도 없냐? 네가 그 종이에게 아니라 내게 말을 하면 내가 왜 그러겠냐. 싸가지 없는 년 같으니.

나는 그 이후부터는 일기를 쓰지 않았다. 대신 다른 사람들의 이야기를 썼다. 밤새 썼고 엄마의 눈에 뜨이기 전에 불에 태워 흔적을 없앴다.

대학을 서울로 가려 했을 때 엄마가 말했다. 학교가 아니라 내게서 떠나가고 싶은 게로구나. 나는 아무 말 없이 푹 고개만 숙이고 있었다. 문예창작과를 택했을 때 엄마는 의외라는 반응을 보였다.

니가 글을 쓴다고?

나는 그때 들켰던 일기 말고는 엄마는 물론 친구들도 선생님들에게도 나의 글을 보여준 적이 없었다. 학교 백일장에도 나가본 적 없었다. 나를 드러내는 부끄러움을 견뎌낼 자신이 없었기 때문이다. 나는 남의 눈에 뜨이는 것 자체가 싫었다. 조용히 뒷전에서 자리만 지키다 흔적도 없이 빠져나오고 싶었다. 글은 그래서 좋았다. 다락방에서처럼 혼자만의 세계에 빠져들 수도 있었고 누구의 도움을 받지 않고도 내가 접해보지 못한 세계도 만들어낼 수 있었다.

하지만 엄마는 냉소적이었다.

글쟁이들이라는 건 아예 대놓고 거짓말해대는 것들이 아니냐. 지가 제일 정의로운 척 콩이야 팥이야 떠들어대지만 사실은 엉덩이 빼고 입으로만 시끄러운 허깨비들 말이지.

엄마와 나와의 사이에 비워진 시간만큼 내게 있었던 것보다 더 많은 일들이 엄마에게도 있었겠다는 것을 그때 조금 깨달았다. 엄마는 나와 달리 이목구비가 분명한, 그래서 다소 강해 보이긴 하지만 전체적으로 미인 쪽에 가까운 얼굴이었다. 오로지 나만 만들어놓고 가버린 아버지만을 그리며 살아가진 않았을 거라는 정도는, 그때쯤의 나도 알 수 있는 나이였다.

RE : 소용없는 일이에요. 당신이 그 글을 먼저 썼다는 근거가 없잖아요. 당선된 적도, 발표한 적도 없고. 이의를 제기해서 얻을 게 뭐가 있지요? 명예? 관심? 그걸 원하는 건가요? 그러려면 유명 작가를 상대해야겠죠. 미안한 말이지만 당선된 그 사람이나 당신이나, 문단에서는 별 관심 없을 겁니다. 작가들이 볼 때 당신들의 분쟁은 우스꽝스럽기만 할 걸요.

나는 컴퓨터 바탕화면에 저장해둔 투우 해설자에 대한 글을 한

번 더 점검했다. 시간이 지난 후 보면 당시에는 발견하지 못했던 흠을 다시 찾아내게 되곤 했다. 내 것을 한 발 물러서 바라보는 객관화는 언제나 어려웠다. 신춘에서 고배를 마신 글 또한 객관화에 실패한 것인지 모른다.

투우 해설자는 투우장에 나오는 소들을 거의 다 알고 있었다. 처음에는 준비된 순서에 따라 나오니까 아는 거라고 신기하게 생각하지 않았다. 그러나 그는 그 소들의 얼굴을 알고 있다고 했다. 투우로 등록된 소들은 대부분 구면들이어서 다른 소들과 섞여 있어도 다 찾아낼 수 있다고 했다.

소들은 모두 똑같이 생긴 거 아닌가 묻자 그는 허허 웃었다.

그러면 소들의 눈으로 보면 사람들은 크게 다를 거라고 생각합니까? 소나 사람이나 서로를 알아보는 것은 외모가 아니에요. 그건 느낌이죠.

그리고 그는 도살장에 끌려갈 때 보여주는 소들 모습을 이야기했다.

소들도 눈물을 흘립니다. 도살장 부근에서부터는 가지 않겠다고 마지막 몸부림도 치지요. 어떻게 아느냐고요? 글쎄요. 그것도 느낌이라고밖엔 표현할 수 없지요. 그냥 아는 겁니다. 죽음의 냄새. 제 주인에게서 신뢰와 사랑의 냄새를 맡은 것처럼.

투우들이 피 흘리며 싸우는 것은 단순한 동물의 본능만은 아닙니다. 물론 명예 때문만도 아닙니다. 아, 하지만 소들을 우습게 보시면 안 됩니다. 그들도 명예와 자존심을 모르는 건 아니니까요. 다만 그것 때문만이 아니라는 거죠. 그들은 자신들이 존재하고 있는 이유를 알거든요.

투우용 소들의 훈련 과정을 보면 비정할 정도입니다. 엄청난 훈련 량을 감당해야 하지요. 그러나 소들은 그것을 주인이 자신이 학대하는 거라고 생각하지 않습니다. 그만큼의 신뢰가 서로 간에 쌓인 거지요. 우주들은 실제 제 자신보다 소를 더 사랑합니다. 시합이 다가오면 아예 소 우리에서 같이 자는 우주들도 많습니다.

그런 사랑과 신뢰 혹독한 훈련을 거친 소들은 나름대로의 개성이 겉으로 드러나기 마련입니다. 나는 그것을 찾아내는 거고요.

그리고 그는 소마다의 특징을 하나하나 가르쳐주었다. 그의 말을 듣고 보니 소들의 얼굴이 하나씩 눈에 들어오기 시작했다. 사납게 생긴 놈, 강직하게 생긴 놈, 온순하게 생긴 놈…….

온순해 보이는 소는 투우로는 부적합한 것 아니에요?

나는 그중 한 소를 가리키며 물었다. 그는 아니라고 했다.

주인에 대한 절대적인 믿음만 있다면 온순한 소일수록 주인을 위해 목숨을 바치는 법이죠. 사람도 그렇잖습니까. 평소 조용했던 사람일수록 어떤 부당한 일에 부딪치면 폭발력이 더 강한 것처럼.

내가 인터뷰를 하는 동안 사진작가는 이곳저곳을 다니며 열심히 사진을 찍고 있었다.

글은 그런대로 된 것 같았다. 재촉을 더 받기 전에 얼른 보내야 한다. 그러나 다시 한번 더 글을 확인했다. 나는 못난 자식을 세상 밖으로 내보내고 싶지 않았다. 누가 무어라 하기 전에 우선 나 자신이 받아들일 수 없었다.

몇 차례 더 점검하고 나니 더 이상의 흠은 찾을 수 없었다. 메일로 보내주기로 했다.

귀가 심하게 가려웠다. 두 손바닥으로 마구 귓바퀴를 문질러대었다. 그런데 귀가 내 손바닥으로 다 감싸지지가 않았다. 나는 황급히 화장실로 달려갔다. 화장실 거울 속에 커다란 귀를 가진 낯선 여자가 눈을 둥그렇게 뜨고 나를 쳐다보고 있었다.

RE : 그 글이 당신 것을 표절한 거라고 주장한들 분란만 일으킬 뿐, 당신이 바라는 해결은 할 수 없을 것입니다. 당신은 출발도 하기 전에 오점부터 남기게 될 겁니다.

귀가 너무 커져 흔들렸다. 귀만 도드라져 거울 속에서 나는 낯선 사람을 보는 것 같았다. 이 정도에서 자라기를 멈추었으면 좋은데.

문득 귓속으로 작은 소리들이 들렸다. 원룸은 층간의 방음 장치가 잘 되어 있지 않아 위층의 소음이 곧잘 들리곤 했다. 처음에는 신경이 거슬렸지만 이제 어지간한 소음에는 무디어졌다. 그러나 지금 들리는 것은 소음이 아니라 사람들의 말소리였다. 나는 벽에다 귀를 대었다. 귀가 크니까 벽에 귀가 착 달라붙는 기분이었다. 나는 그때 처음 알았다. 벽 속으로 얼마나 많은 이야기들이 오고 갔는지. 어느 집에서 다투는 소리, 텔레비전 소리, 심지어 텔레비전의 내용까지 다 들렸다. 그날 있었던 이야기를 나누는 소리, 사랑을 나누는 소리. 어느 집에서는 울면서 누군가에게 하소연하고 있었다. 상대의 소리가 들리지 않는 걸 보면 아마도 전화를 걸고 있는 것이리라. 나는 그 모든 내용들을 똑똑하게 다 들을 수 있었다.

어린 시절 나의 다락방으로 돌아온 것 같았다. 익숙한 목소리가 들렸다. 엄마의 목소리였다.

벽에 갇혀 있었던, 혹은 공기 중의 비밀의 통로를 타고 떠돌던 소리였다.

그래, 솔직히 말해서 네가 없었으면 생각하기도 했어. 혼인신고도 하기 전에 네 아버지가 죽어버렸으니. 네 외할머니는 병원을 가자 맨날 조르고. 그렇게 우물쭈물하다 보니 네가 나오더구나. 아홉 달도 못 채웠는데 무어가 그리 급한지. 내 맘을 눈치채기라도 했던 것처럼.

그러고 보니 귀가 가려웠던 것은 아주 어린 때부터였던 것 같다. 나는 수시로 새끼손가락으로 귀를 후비곤 했다.

낳고 나니 다들 남 주라고 하더구나. 애비 없는 새끼 못 키운다고. 넌 모를 거다. 아무도 축하해주지 않는 새끼를 낳기 위해 진통을 겪던 내 심정을. 어쨌건 낳아버렸으니 키워보자 마음도 먹었다. 그러자니 내가 얼마나 모질게 살아야 했는지.

하지만 이년아, 난 널 버린 적 없었다. 네가 아무리 다른 모습으로 바뀌었고, 아무리 네년이 나를 피해 달아난다 해도 내 속으로 만들고 키운 내 새끼인 건 바뀔 수 없다.

메일함 위에서 커서가 깜빡대고 있었다. 아직 글을 보낼 수 없었다. 글은 완성된 것이 아니었다. 나는 소들의 싸움을 사람들의 시선으로만 그려냈다. 소들이 지키고자 하는 자신의 영역은 무시해버렸다. 비록 투우장이라는 둥근 모래판이라는 한정된 공간이라 할지라도.

투우장에 나온 소들은 인간에게 즐거움을 주기 위해 피 흘리며 싸우는 것이 아니었다. 소들에게도 지켜야 할 자존심이 있는 것이다. 그것이 하잘 것 없고 무가치한 것처럼 보이는 것은 소들보다 우월하다고 생각하는 인간의 시선일 뿐이었다.

귀가 가려웠다. 나는 손바닥으로 커다래진 귀를 비볐다. 손바닥을 떼었을 때 공중에서 떠돌던 수많은 소리가 한꺼번에 떠들어댔다. 나는 커다래진 귀를 쫑긋 세워 갈 곳이 없어 떠돌아다니던 말들을 찾기 시작했다.

특수임무 수행

특수임무 수행

거실에 둔 내 휴대폰이 울렸을
때는 한창 전쟁 중이었다. 폭탄이 터지고 총소리가 난무했다. 남자
는 제 몸집만 한 기관총을 끼고 사정없이 갈겨대었고 그럴 때마다
구릿빛으로 탄 팔뚝의 근육이 뱀처럼 꿈틀대었다.

휴대폰을 들어 귀에 대는데 남자를 향해 수류탄이 날아오는 게
보였다. 남자는 수류탄을 피해 몸을 날렸고 수류탄은 남자의 머리
카락 한 올 다치지 못하고 대신 야자수들이 부서져 날아갔다. 남자
가 기관총을 거머쥐고 일어남과 동시에 다시 총구에 불이 붙었다.
적들이 낙엽처럼 날아갔다. 클로즈업된 남자의 눈이 아귀같이 번
들대고 있었다.

핸드폰에는 낯선 번호가 찍혀 있었다.

여보세요? 누구신가요?

오빠……

등줄기에 전기가 찌르르 타고 내려갔다. 텔레비전 앞에서 꼼짝

도 하지 않는 아버지의 등을 보며 허둥지둥 내 방으로 들어갔다. 문을 닫자마자 성마르게 물었다.

미란이? 너야? 맞아?

웅얼대는 소리가 문밖에서 들리는 쾅, 폭탄이 터지는 소리, 기관단총 소리에 묻혔다. 나는 귀를 핸드폰에 바싹 대었다.

뭐라고 했어, 크게 말해, 안 들려.

나가고 싶다고.

미란은 울먹이고 있었다.

나 여기서 나가게 해줘.

2년 만에 처음 듣는 목소리였다. 그녀가 떠난 첫해는 배반감으로 한동안 괴로워했고 그다음은 증오심으로 고통스러웠다. 한동안 그녀가 갈 만한 곳은 모두 찾아 헤매기도 했다. 만나면 죽여버리고 싶었다. 그러다 차츰차츰 그녀를 이해해가기 시작했다. 그리고 이제는, 오직 그리웠다. 그립고 그리던 그 목소리가 울고 있었다.

어디야 거기, 말해봐, 있는 곳을.

멀어.

얼마나 먼 곳인데?

여기 서울이야.

서울 어디. 강북 쪽이야 아님 강남 쪽이야?

강남은 아닌 거 같아.

가까운 전철역 이름을 말해봐.

신금호역.

몇 번 출구?

3번.

주소는? 가게야? 집이야?

주소는 몰라. 한 건물에 여러 집이 있어.

오피스텔이야 빌라야?

그건 모르겠지만 3층이야.

빌라구나. 근처에 뭐가 있어?

편의점이 하나 있어. 집에서 보면 길 맞은편에 보여.

스무고개라도 하듯 묻고 대답하며 나와 미란은 한 고개 두 고개 점점 가까워지고 있었다. 전화가 갑자기 끊겼졌다. 걸려온 번호로 전화를 했지만 전화를 받을 수 없다는 멘트만 흘러나왔다.

나는 황급히 일어나 장롱을 열었다. 입을 만한 옷이 없었다. 근래 외출할 일이 별로 없다 보니 옷을 사본 기억도 까마득했다. 파란색 체크 남방이 약간 색이 바래긴 했지만 그나마 제일 깨끗했다. 접힌 자리가 구김이 가서 물뿌리개를 들어 대충 물을 뿌리자 얼마간 주름이 펴졌다. 청바지에 다리를 꿰다 생각하니 그 남방은 미란과 신혼여행 갔을 때 입었던 것이었다.

방을 나섰다. 아버지는 여전히 전쟁 중이었다.

저 나갔다 올게요, 했을 때 때마침 한 여인이 비명을 질렀다.

여인의 집에 불이 붙고 있는 중이었다. 알아들을 수 없는 언어로 부르짖는 여인의 말을 텔레비전 자막에서는 아이가 그 집 안에 있다고 번역해주고 있었다. 여인의 울부짖음을 보며 나는 미란에게서 전화 왔었다는 말은 꿀꺽 삼켰다.

비닐하우스에 가야겠어요.

아버지 옆에서 선풍기가 맹렬하게 돌며 후끈한 바람을 쏟아내고 있었다. 아버지가 힐끗 고개 돌려 의심스러운 눈으로 보았다.

참외 비닐하우스는 낮에는 50도 가까이 올라가므로 이 시간에 나가면 일은 고사하고 들어가 있기만 해도 질식할 듯 숨이 막힌다. 그래서 보통은 해가 뜨기 전에 나가서 일을 하고 낮은 쉬었다가 해가 수그러지면 다시 나가곤 했다. 오늘도 아침에 참외를 따서 자동 세척기로 세척 선별해서 포장 후 공판장 경매에 넘겼다. 그런 후 집에 돌아와 점심을 차려 아버지와 함께 식사를 한 직후였다. 다른 때 같으면 모자란 잠을 채우기 위해 잠시 눈을 좀 붙여야 할 시간이었다.

나는 제풀에 주섬주섬 변명을 늘어놓았다.

참외 출하 시기를 맞추려면 서둘러야겠어요. 새벽에 다 따질 못했거든요. 저녁은 친구와 약속이 있어 시간이 안 날 거 같고요. 늦게 들어올 거 같으니 기다리지 말고 주무세요.

아버지의 눈이 내 옷차림을 훑고 있었다. 나는 츱, 속으로 혀를 찼지만 속내를 드러내지 않으려 부러 더 심상하게 말했다.

작업복은 비닐하우스에 있어요. 일 끝나면 거기서 간단히 씻고 바로 갈 거예요.

작업을 하다 보면 제때 집으로 돌아오기 어려울 때도 있어서 참외하우스 옆에 따로 농막을 만들어두고 있었다. 그곳에는 참외 자동세척선별기부터 참외 포장 박스 그리고 간단한 생활도구와 더울 때 간단히 씻을 수 있도록 펌프 시설까지 마련해두었던 터였다. 하지만 집에서 멀쩡한 새 옷 입고 가서 작업복으로 갈아입고 일하는 경우는 아무리 머릿속에서 바쁘게 더듬어보아도 내 기억 속에는 없었다.

저녁은 상에 차려놓고 갈 테니 밥솥에서 밥만 퍼서 먹으면 돼요.

아버지는 다시 텔레비전 화면 속으로 들어갔다. 화면 속에서 군복과 화기 등으로 중무장을 한 두 남자가 이야기를 나누고 있었다. 포연을 뒤집어쓰고 드러낸 두 눈에 살기가 등등했다. 미란이 떠났다는 것을 알았을 때 아버지의 눈빛도 저랬을 것이다.

한낮의 더위는 택시를 기다리는 나를 흠뻑 땀에 젖게 만들었다. 아마 이 시간에 정말로 비닐하우스에 들어가 일을 했다면 그 열기에 질식하고 말았을 것이다. 택시 안에서 몇 차례 더 전화를 했지만 미란의 전화에서는 여전히 받을 수 없다는 멘트만 흘러나왔다.

KTX를 탔다. 한 시간 이십 분. 이제 서울은 결코 먼 곳이 아니었다. 서울역 안에는 드문드문 노숙자로 보이는 초췌한 모습의 사람들이 어슬렁대거나 정지된 화면처럼 웅크리고 있었다. 화장실에 가서 손을 씻다가 거울 속에서 얼굴이 시커멓게 그을린 남자가 서 있는 것을 보았다. 얼룩 하나 없이 깨끗한 화장실의 환한 불빛에서 본 남방은 빛이 많이 바래 있었다. 미란을 만날지 모르는데…… 촌티 물씬 나는 내 모습이 마음에 걸렸다. 나는 손가락을 구부려 빗을 만들어 머리를 정돈했다.

전철로 가는 길에 소란스러운 소음들이 앞다퉈 나를 공격했다. 신금호역을 놓치지 않으려 잔뜩 긴장했지만 제때 갈아타지 못해 지나쳤다가 다시 되짚어 돌아와야 했다. 신금호역을 나오니 다섯 개의 길들이 거미줄처럼 뻗어나간 오거리가 나왔다. 미란이 말한 3번 출구에는 골목길이 두 개 있었고 길마다 또 새로운 골목들을 만들고 있었다. 골목마다 일일이 들어가 보았지만 미란이 말한 곳은 없었다. 나오지 않은 게 아니라 크고 작은 빌라들이 너무 많이 나왔다. 편의점도 곳곳에 있었다.

편의점 이름을 물었을 때 미란은 한숨부터 포옥 쉬었다.

나는 한글을 모르잖아.

미란은 라이따이한이었다. 미란은 의사소통에는 문제가 없는 편이지만 한글은 몰랐다. 외모로도 차이가 없어 한국에 쉽게 스며들 수 있었다. 하지만 그녀의 가슴속 깊은 곳의 상처만은 어디서도 치유가 되지 못했던 것 같다. 그녀는 늘 이방인이었다. 그걸 깨달았을 때 그녀는 이미 떠난 뒤였다.

해가 뉘엿뉘엿 지기 시작하자 낯선 거리가 더 막막해졌다. 해가 져도 여전한 더위는 비닐하우스 속만큼은 아니어도 나를 지치게 만들었다. 그러나 울먹이던 미란의 음성이 귀에 쟁쟁해서 얼른 발을 역으로 돌리지 못했다. 하루 묵고 다음 날 다시 찾아볼까 생각도 했지만 아버지보다 참외가 더 마음에 걸렸다. 자칫 참외의 출하 시기를 놓치면 큰일이었다. 참외더러 조금 천천히 익어달라고 부탁할 수는 없는 일이었다.

기차를 타자마자 잠이 들었다. 꿈속에서 출렁대는 눈부신 은빛 물결들을 보았다. 바다가 아니라 비닐하우스들이었다. 잠결에도 나는 오늘 저녁 돌보지 못한 참외들을 걱정하고 있었다.

미사질의 양토여서 참외 농사가 유독 잘되는 고장이었다. 나는 여덟 동 정도의 비닐하우스를 경작하고 있지만 다른 농가에 비하면 많은 편은 아니었다. 나이 드신 분들도 열 동은 보통 넘겼다. 엄마가 살아 있었을 때는 열다섯 동까지 한 적도 있었지만 이제 비닐하우스를 더 늘릴 수는 없었다. 아버지 때문이었다. 아버지가 쓰러진 후부터 동수를 줄여오고 있던 차였는데 올 초에는 엄마까지 돌아가셨다. 농사부터 아버지 수발까지 이제 모두 나의 일이 되었고 스스로 자신을 돌볼 능력을 상실한 아버지는 참외처럼 내 손길만 기다리고 있었다.

집으로 돌아왔을 때는 한밤중이었다. 아버지는 잠들어 있었다. 밥솥을 보니 퍼먹은 자국이 있었다. 상에 올려놓은 김치나 콩자반 같은 반찬은 거의 준 것 같지 않았다. 또 맨밥으로 배를 채운 것이다. 입맛에 맞지 않다는 것을 아버지는 시위하듯 맨밥만 퍼먹는 것으로 보여주곤 했다. 엄마가 있었을 때는 엄마의 밥 시중을 강요하던 아버지였는데 맨밥이라도 먹었다는 건 아버지도 조금씩 엄마의 부재를 받아들이고 있다는 의미였다.

자리에 눕자마자 그대로 잠에 떨어졌다. 그래도 새벽 다섯 시가 되자 습관적으로 눈이 떨어졌다. 문밖에서는 다른 날과 마찬가지로 폭탄이 터지고 있었다. 아버지는 벌써 일어나 불도 켜지 않은 채 텔레비전 앞에 앉아 있었다. 화면에는 며칠째 같은 전쟁이 벌어지고 있었다. 낡은 DVD 플레이어에서 워낙 오랫동안 재생했던 영화라 화면 상태가 좋지 않았다. 다른 전쟁영화를 구해야 할 거 같은데 요샌 DVD 타이틀을 구하기 쉽지 않다.

미란이 다시 전화한 것은 열흘이 지난 후였다. 하우스에서 따 온 참외들을 선별기로 크기별로 골라내어 박스에 담아 차곡차곡 정리하던 중 미란의 전화를 받았다. 지난번과 다른 번호였다.

미란은 울먹이며 똑같은 말을 했다

나 여기서 나가고 싶어.

어디야, 다 찾아보았는데 네가 말한 곳에 그런 곳은 없었어.

전화가 끊어질까 조바심이 나서 나는 급히 말했다.

정말 왔었단 말이야아?

믿을 수 없다는 듯 미란의 말꼬리가 올라갔다. 나는 미란이 눈앞에 있는 듯 고개를 크게 끄덕였다.

데리러 와달라고 했잖아. 도대체 어디로 오라는 거야? 그런데 편의점들 간판은 한글이 아니라 거의 다 영어였어. 너 영어는 알잖아.

정말 왔었구나아.

미란의 말꼬리는 이번에는 한참 내려갔다.

영어도 읽을 줄은 몰라. 담장은 붉은 벽돌이야. 편의점 앞의 붉은 벽돌 3층집이라면 남들은 다 잘 찾아오던데.

미란은 다시 빌라의 위치를 설명했지만 모든 것들에 이름은 여전히 없었다. 지난번과 별로 다를 것 없는 길 안내를 따라 나는 다시 서울로 향했다. 하지만 남들은 다 찾는다는 편의점 앞 붉은 벽돌 3층 빌라는 내 눈에는 결코 뜨이지 않았다.

미란의 전화는 이틀 후 다시 왔다. 번호는 또 달랐다. 찾으러 서울을 또 갔다는 말에 미란이 의심스럽게 말했다.

혹시…… 나를, 잡으려는 생각이었어?

찾으러 다닌 것과 잡으러 다니는 것은 무슨 차이가 있을까? 잠시 생각하던 나는 물었다.

널 구해달라고 했잖아. 지금까지 날 떠본 거였어?

미란은 호오, 한숨을 내쉬었다.

아냐. 난 오빠를 믿어. 오빠는 착한 사람이야. 하지만 여길 벗어나려면 돈이 필요해.

얼마야?

2천 2백만 원.

나는 목구멍 밖으로 나오려는 말을 꿀꺽 삼켰다.

도대체 네가 들고 나갔던 그 돈은 다 어떻게 한 거지?

그때 미란은 돈이 아니라 아버지의 인생을 가지고 나갔다. 아버지의 남은 삶까지. 그건 아버지가 잃어버렸던 젊음이었고 마지막 남은 자존심이었다. 아버지는 그 이후 쓰러졌고 깨어났을 때는 이미 예전의 아버지가 아니었다.

널 구해줄게. 너와 연락이 될 번호 가르쳐줘.

미란은 번호를 가르쳐주는 대신 전화를 끊어버렸다. 다시 전화

했지만 이번에도 수신은 거부되었다.

나는 다시 일을 시작했다. 2천 2백만 원이라니. 허. 저절로 탄식이 흘러나왔다.

참외 세척 선별기에서 분류되어 있는 참외들을 박스에 담아 박스 한 개를 들었다. 순간 허리에 날카로운 통증이 왔다. 하지만 쉴 수는 없었다. 지금보다 더 열심히 일을 해야만 했다.

밤새 끙끙대느라 잠을 설쳤다. 해가 뜨기도 전에 억지로 몸을 일으켜 기신기신 하우스로 나갔다. 참외를 따고 포장하고 출하해야 했다. 허리의 통증을 참으며 일을 하자니 진땀이 흘러내렸다. 간신히 하루의 일을 마치고 집에 오자 나는 그대로 자리에 눕고 말았다.

소변이 마려웠지만 화장실까지 가는 것조차 힘들었다. 누군가 도움의 손길이 간절했지만 아버지는 여전히 전쟁 속에서 빠져나오지 않고 있었다. 성한 오른손으로 텔레비전 리모컨을 조작하던 아버지는 몸을 뒤척일 때마다 아구구 비명을 지르는 나를 보고 인상을 찌푸렸다.

소변기 대용으로 쓰려고 아버지 머리맡에 흩어져 있는 빈 막걸리 페트병 하나를 달라고 했다. 아버지는 슬로비디오처럼 느릿느릿 오른손으로 잡아 힘없이 페트병을 던져주었다. 그것은 내 팔이 닿지 않는 곳에 떨어졌다. 어쩔 수 없이 몸을 일으켜 팔을 뻗었다. 등줄기에 땀이 바짝 났다.

"아내 애끼가 되어 구드래 앙 가니 어래 물러 터 저지……(사내 새끼가 되어 군대를 안 가니 저래 물러터졌지)."

오래간만에 듣는 아버지의 목소리였다. 늘 가슴에 붙여놓고 있는 왼손처럼 아버지는 혀도 자유롭지 못했다. 말을 거의 하지 않았지만 한다고 해도 알아듣기도 쉽지 않았다. 하지만 군대나 전쟁에 대한 말만은 내 귀에 쏙 들어오곤 했다.

군을 면제받았다는 것은 아버지에게는 나의 주홍 글씨였다. 아버지는 매일 기억을 지워가고 있었고 이미 많은 것을 잊어버리고 있는 중이었다. 그런데 내가 군대 가지 못한 것만은 도무지 잊을 생각이 없는 것 같았다.

입영을 면제받은 것은 심한 아토피 피부염과 비염 때문이었다. 당시 나는 외출도 하기 힘들 만큼 아토피염이 심했고 시도 때도 없이 콧물을 줄줄 흘렸다. 긁어대어 온몸은 짓물렀고 여름이 되어도 피부를 드러낼 수가 없어 늘 긴팔을 입고 지냈다. 각막까지 이상이 와서 백내장 수술까지 했다. 결국 나는 두 번의 재수 후에 간신히 합격 통지서를 받은 대학을 포기하고 고향으로 돌아오고 말았다.

그것은 그 당시 내가 선택할 수 있는 유일한 길이었다. 다행히 나는 참외 농사일에 재미를 붙이기 시작했다. 엄마는 긁어서 피가 철철 흐르는 나의 피부를 보면 많이 속상해했지만 아버지는 코끼리처럼 두껍게 각질 진 피부에 약을 바르고 있는 나를 보며 잔뜩 이마에 주름을 잡았다. 그리고 그때까지는 카랑카랑했던 목소리로 여지없이 비난을 퍼부었다.

어떻게 그까짓 피부염 때문에 군대를 안 갈 수가 있단 말이야. 사내라면 팔다리가 하나 잘려도 폭탄 들고 적진으로 뛰어드는 그런

독기쯤은 품고 있어야지.

미란이 나를 떠난 건 그런 이유도 있었을지 모른다. 미란과 결혼할 즈음에는 아토피염 증상도 많이 호전되었지만 나의 팔다리에는 여전히 거친 흉터가 남아 있었다. 그 흉터들을 눈살을 찌푸리며 보는 미란을 본 이후 나는 미란 앞에서 벗은 몸을 잘 보여주지 않았다. 바다를 끼고 있는 곳에서 자랐다는 미란은 종종 바다를 그리워했지만 나는 바다는 고사하고 수영장도 한번 같이 간 적 없었다.

미란의 고향은 베트남의 다낭이었다. 한때 맹호부대가 주둔했던 곳. 미란의 엄마는 그곳에서 태어났고 미란은 자신의 외할아버지가 맹호부대에서 높은 사람이었다고 했다. 한국과 국교가 수립되자 미란의 엄마는 한국 사람들을 찾아다녔고 그러다 미란이 태어났다. 미란은, 자신의 아버지는 한국의 큰 회사에서 높은 사람이라고 했다. 그러나 그 높은 아버지는 미란에게 이름만 남겨주고 한국으로 돌아간 후 얼마 있지 않아 높았던 외할아버지처럼 소식을 끊어버렸다.

허리의 통증으로 밤새 시달리다가 눈을 뜨자마자 병원을 찾았다. 엑스레이는 물론 MRI까지 찍어야 한다는 바람에 돈이 많이 들었다.

수술할 정도는 아니지만 거북목에 디스크 증상이 있으니 물리치료를 꾸준히 받아야 한다는 진단이 나왔다. 수술 안 해도 된다니 그나마 다행이었다. 하지만 물리치료사가 손을 댈 때마다 아악, 비명이 저절로 터질 만큼 아팠다. 집이 읍내에서 한참 들어가는 골짜기라 병원에 자주 오기는 어렵다고 하니까 의사는 입원을 권유했다. 그럴 수는 없었다. 아버지와 한창 수확기인 참외가 내 손길을 기다리고 있었다. 최대한 시간을 내서 통원치료를 받기로 하고 집으로 돌아왔다. 여전히 아프긴 했지만 움직이기 조금 나은 거 같기도 했다.

대문을 열고 들어선 마당은 엄마의 자취가 아직 푸르렀다. 마당이라기보다는 밭이라는 말이 더 맞을 것이다. 엄마는 사람들이 다닐 길만 남겨놓고 빈틈없이 푸성귀들을 심고 키웠다. 엄마는 새벽과 오후에 비닐하우스를 나갔지만, 일을 나가지 않는 낮에도 쉬지 않았다.

엄마가 살아 있을 때 우리들의 반찬거리는 대부분이 마당에서 나왔었다. 엄마는 새로 맞이한 어린 외국인 며느리에게 참외 농사 일을 가르치려 애를 썼지만 미란은 비닐하우스에 나가는 것조차 싫어했다. 그러나 미란도 이 텃밭 가꾸는 일은 좋아했다. 수확량도 우리 식구들이 실컷 먹고도 남을 정도여서 장날이면 들고 나가서 팔기도 했다. 엄마가 없는 지금 엄마가 뿌려둔 것들은 제멋대로 살아나 잡초와 뒤섞여 마당을 덮고 있었다.

나는 마당을 가로질러 집 안으로 들어섰다. 우리 집은 넓은 마당에 비해 집 안은 좁은 편이었다. 현관을 들어서면 바로 거실이고 거실을 지나 작은 방이 세 개 있는데 부엌, 화장실까지 마치 여관방처럼 모두 다닥다닥 붙어 있었다.

아버지는 등을 보인 채 거실에 비스듬히 누워 코를 골고 있었다.

선풍기가 돌고 있었다. 텔레비전도 켜져 있었다. 나는 살그머니 거실로 들어섰다. 기척을 내지 않으려 조심하며 아버지의 머리 쪽을 지나 내 방으로 향했다. 잠들어 있는 아버지의 얼굴이 수척해 보였다. 문득 걸음을 멈추었다. 무언가 이상하다.

이 낯섦의 정체는 무엇일까? 고개를 갸우뚱하던 나는 집 안이 너무 조용하다는 것을 깨달았다. 우리 집은 늘 시끄러웠다. 아버지의 고함소리, 지지 않고 마주 소리치던 엄마의 날카로운 목소리. 그리고 늘 전쟁을 치르는 텔레비전.

부모님들이 싸우면 나는 핸드폰 유튜브에서 음악을 찾아 볼륨을 높이곤 했다. 음악 소리 사이에 간간이 투탁대는 파열음이 들리면 그때마다 볼륨을 더 높였더니 나중에는 골이 울렸다. 가끔은 무언가 문짝을 향해 날아와 부딪히는 소리도 들렸다. 우리 집은 문짝이 성한 것이 별로 없었다. 모두 무언가에 부딪히거나 차여 조금씩 부서져 있었다.

아버지는 종종 취해 있었고 취할수록 분노했고 상대는 눈앞에 보이는 사람이 되기 십상이었다. 그러다 보니 대개 엄마가 아니면 내가 아버지의 이유를 알 수 없는 분노의 표적이 될 수밖에 없었다. 엄마도 가만히 당하고 있는 성격은 아니었다. 무엇보다 엄마는 아버지를 다루는 법을 알았다. 엄마가 세게 나가면 아버지의 기세는 그만큼 꺾여버리곤 했다. 가학증 환자처럼 어쩌면 아버지는 그런 방법으로 엄마에게 위안을 찾았던 건지 모르겠다.

그 싸움은 아버지가 15년 전 어느 날 갑자기 뇌졸중으로 쓰러지면서 막을 내렸다. 한동안 대소변 시중까지 들어주어야 했지만 아버지는 서서히 회복하기 시작했다. 지극정성으로 돌보았던 엄마의 공이었을 것이다. 하지만 아버지는 자신의 불편한 몸에 얼른 적응을 하지 못해 엄마와 나를 많이 괴롭혔다. 아버지의 얼굴이 밝아진 것은 미란이 들어온 후부터였다. 미란은 아버지의 비위를 잘 맞춰주었고 아버지가 무엇을 원하는지도 금방 알아차리곤 했다. 아버지가 목이 마르다는 말을 꺼내기도 전에 표정만 보고 물을 가져다주었고 아버지가 어디를 가려워하는지도 얼른 알아차리고 스스럼없이 손을 넣어 등을 긁어주기도 했다. 때때로 부축해서 같이 산책을 나가기도 했다.

거의 회복이 되어가던 아버지는, 미란이 아버지의 돈과 함께 사라진 걸 알았을 때 다시 쓰러졌다. 깨어난 후에는 왼손 왼다리를 쓰지 못했고 말조차 잃어버렸다. 어쩌다 하는 말은 알아들을 수도 없는 파열음이 섞인 언어들이었다. 아버지 대신 텔레비전이 온종일 떠들어댔다.

아버지는 원래부터 액션영화를 좋아했는데 마음에 드는 전쟁이나 첩보영화가 있으면 몇 번이나 보곤 했다.

낯섦의 정체는 소리였다. 전쟁영화라면 온 동네가 다 떠나가도록 볼륨을 높이던 아버지가 소리를 낮춘 것도 아니고 아예 묵음을 해놓고 텔레비전을 보고 있었다. 소리가 다 죽은 텔레비전 화면 속에서는 또 다른 전쟁이 벌어지고 있었다. 수많은 사람들이 서로 대치한 가운데 몇 명의 남자가 어깨에 걸친 화염방사기 같은 것에서 시퍼런 불꽃이 뿜어져 나오고 있었다.

화면이 클로즈업되면서 보인 것은 화염방사기가 아니라 프로판 가스통이었다. 그들은 프로판 가스통을 열어 불을 붙이고 있었다. 도심 한가운데였다. 헬멧과 방패를 쓴 전경들은 프로판 가스통을 든 남자들이 자기들을 향해 올 때마다 주춤주춤 뒤로 물러섰다. 화면에서 남자들의 모습은 거칠고 험해 그들이 살아온 세월이 결코 쉽지 않았음을 짐작게 해주고 있었다. 남자들은 악에 받쳐 있었고 들리지 않는 절규를 토해내고 있었다. 오래전 도심 한가운데서 있었던 북파공작원의 시위 장면이었다. 그날 엄포로 끝났던 프로판 가스통이 진짜 터져버렸다면 어떻게 되었을까? 가끔은 궁금하다.

아버지가 보고 있는 것은 그 시위 모습을 자료 화면으로 하여 수년 전에 어느 방송사에서 특집으로 편집해준 것이었다. 아버지는 그 화면을 구해오라고 다그쳤고 나는 방송국에 전화를 해서 복사본을 얻어다 주었다.

화면 속의 그들은 지금도 절규하고 있었다. 자신들은 북파공작원이 아니라 나라를 위해 몸을 바친 특수임무 수행자였다고. 특수임무 수행자는 한때 명함에 새겨놓고 다니던 아버지의 또 다른 이름이다. 아버지가 평생 처음으로 가져본 명함이었다.

나는 아버지 손에서 살그머니 리모컨을 빼냈다. 채널을 바꾸는데 아버지가 부스스 눈을 떴다. 아버지는 어, 소리를 지르며 리모컨을 달라고 손을 휘저었다.

재미있는 방송이 있어서 보여드리려고 그래요. 아버지도 좋아하실 거예요. 특수임무를 수행하던 한 남자의 이야기예요.

나는 유료 케이블 방송으로 화면을 돌렸다. 병원에서 순서를 기다리다가 병원에 비치된 케이블 방송 프로그램 안내서에 〈본〉 시리즈가 있는 것을 보았다. 맷 데이먼이 나온 〈본 아이덴티티〉라는 영화 한 편은 나도 본 적 있었는데 유료 케이블 방송에서 네 편을 시리즈로 묶어 할인 판매한다고 했다.

어더 거야, 애그가 오 애걸여.

유료 케이블 방송의 화면 속으로 들어가야 하는 절차를 참지 못하며 아버지는 조급하게 파열음을 내뱉었다.

처음부터 화면은 총성이 난무했다. 화면은 너무 빨리 진행되었고 고도의 심리전이 계속되었다. 마지막까지 적과 아군을 알 수 없는 영화였다. 영화 속의 주인공은 자신이 옳은 일을 했던 건지 혼란스러워하고 있었다. 확실한 것은 살아남아야 한다는 것뿐이었다. 살아남아야 자신이 존재했음도 인정받고 명예도 되찾을 수 있었다. 맷 데이먼은 표정이 사라진 얼굴로 어느 누구에게도 도움을 청할 수도 없는 외롭고 처절한 싸움을 하고 있었다.

맷 데이먼이 연기한 본이나 아버지나 모두 살아서 돌아는 왔지만 그들에게 일을 시킨 사람들에게 배척당했다. 하지만 본은 존재의 이유를 찾기 위해 전쟁을 시작했고 아버지는 존재 그 자체를 위해 숨을 죽였다. 아버지로선 그게 최선이었을 것이다. 영화 속에서만 존재하는 본과 달리 아버진 현실을 계속 살아가야 하는 인물이었다.

꼼짝도 하지 않고 텔레비전에 시선을 고정시켜놓고 있는 아버지에게 미란이 나타났고 지금 도움을 청하고 있다는 말을 할까 잠시 망설였다. 미란은 자신이 훔쳐 간 것이 아버지의 돈이 아니라 아버지의 인생이었다는 것은 알지 못할 것이다.

아버지는 내게 멋진 남자의 모습을 강요하곤 했다. 폭력을 견뎌내는 남자, 아버지는 그것이 사나이라고 지금도 믿고 있다. 그래서 어려서부터 나로서는 이유를 알 수 없는 아버지의 폭력에 시달려야 했다. 뒤틀린 채 가슴에 놓여 있는 아버지의 손을 한때 얼마나 두려워했는지 모른다. 아버지는 체격에 비해 손이 큰 편이었다. 마디마디가 옹이 진 아버지의 주먹으로 한 대 맞으면 정신이 아득해지곤 했다.

엄마가 돌아가신 건 미란이 사라진 다음 해였다. 밤새 아버지가 부려대던 성질을 받아주던 엄마가 참외 거적을 덮어주려 서리 앉은 새벽길로 나섰다가 쓰러졌고 다시는 눈을 뜨지 못했다.

허리가 아파 계속 앉아 있을 수가 없었다. 엉거주춤 일어서는데 다시 총성이 울리고 누군가 비명을 질렀다.

방에 들어가자마자 자고 일어난 그대로 깔려 있는 이불 위에 누웠다. 핸드폰을 꺼내보았다. 전화 온 곳은 없었다. 메시지를 확인해보았지만 대출해주겠다는 금융업체에서 온 것만 하나 있었다.

비닐하우스에 나가봐야 하는데, 걱정이 되었다. 겨울부터 키워왔던 참외가 비로소 돈이 되어주는 시기였다. 이때를 놓치면 그동안 든 자금들이 고스란히 빚으로 남는다. 귓가에서 미란이 울먹댔다.

돈이 필요해.

자동차 굉음이 들려왔다. 추격전이 벌어진 모양이었다. 아버지가 아는 전쟁과 본의 전쟁은 많이 다르다. 컴퓨터와 자동차가 끼어든 현대의 전쟁이 잔인할까, 몸뚱이가 정보의 도구며 무기이던 아버지의 전쟁이 잔인할까.

아버지가 처음 자신의 전쟁에 대해 말했을 때 나는 충격을 받았었다.

나는 북파공작원이었다구. 휴전선 너머까지 침투해 들어가기도 했어.

그때 아버지 손에는 보상금이 든 통장이 들려 있었고 그것은 아버지의 과거를 처음으로 세상에 드러내게 한 힘이었다. 엄마가 흥, 코웃음 쳤다.

그래서? 진작 받았어야 할 돈을 이제 와서 몇 푼 받으니 그렇게도 자랑스러워? 그것도 목이 터져라 시위하고 별짓을 다 하고 나니 떼먹으려다 마지못해 찔끔 준 것을.

아버지가 그 돈으로 제일 먼저 한 것은 주위에 한턱낸 것이었다. 아버지는 그동안 숨죽이고 살았던 자신의 과거를 세상에 드러내고 잃어버린 삶을 되찾고 싶어 했다. 하지만 아버지의 돈으로 밥과 술을 얻어먹은 동네 사람들은 아버지의 한풀이에 귀를 기울이기보다 아버지의 횡재를 더 부러워했다.

두 번째로 한 것은 나의 결혼이었다. 이미 많이 늦어버린 나이지만 돈만 있으면 젊은 여자를 데리고 올 수 있다고 엄마는 주장했다.

결혼 중개인에게 마음에 들면 돈은 더 줄 수 있으니 최고의 여자를 소개해달라고 엄마는 호기롭게 말했고 그들은 내게 미란을 소개해주었다. 나와 20년 이상 차이 날 만큼 젊고 한국말을 할 줄 아는 베트남인, 라이따이한 미란은 최고의 아내가 맞았다.

아버지의 통장은 그것을 마지막으로 깊숙이 숨겨졌다. 보상금이 들어 있는 통장은 아버지에겐 돈이 아니었다. 아버지의 자존심이었고 명예였고 오랫동안 숨죽여 살아야만 했던 고통을 치유해줄 진통제였다.

아버지와 미란은 이야기가 잘 통했다. 전쟁이라는 것에 대해 나보다 더 잘 이해를 해주는 미란에게 신이 나서 아버지는 콩켸팥켸 무용담을 펼치곤 했다.

아버지가 받은 보상금은 판문점을 조금 더 지난 북한 땅을 밟았던 사실이 증명되어서였다. 그런데 미란에게 말할 때는 점점 더 북으로 깊이 들어가기 시작하더니 나중에는 개성까지 거의 들어간 것으로 되어갔다. 사실인지 아닌지는 알 수 없지만 그때 같이 넘어간 동료들 중에 살아 돌아온 사람은 아버지 한 사람뿐이었다고 해서 미란을 감동시키기도 했다. 미란이 사라지지 않았다면 아버지는 평양 너머까지 갔을 것이다. 미란에겐 개성이나 평양이나 아무런 차이가 없었겠지만.

엄마는 아버지의 무용담을 듣고 싶어 하지 않았다.

에그 이 양반아, 당신은 속도 없어? 그런 죽을 곳에 보내놓고는 나라가 그동안 당신에게 어떤 취급을 했는지 다 잊었어?

미란의 추임새에 기가 펄펄 살아나 있던 아버지는 엄마에게 호통 쳤다.

앉아 오줌 누는 것들이 사나이들의 세계를 어떻게 알겠어. 나는 특수임무 수행자였단 말이야. 나라를 위해 기꺼이 목숨을 바치겠다는 애국심 하나로 뭉친 사나이들 중의 사나이들이었다고.

엄마도 지지 않았다.

그래서 뭔 좋은 꼴을 봤어? 나라가 시켜서 북에 갔다 왔다는 말도 못 하고 끽소리 없이 그 긴 세월을 숨어 살았으면서.

국가는 나를 버렸을지 몰라도 나는 한 번도 국가를 버린 적 없었어.

그 말을 할 때 아버지의 눈빛은 활활 타오르고 있었다.

갑자기 벨이 울렸다. 미란과 마지막에 통화했던 번호가 찍혀 있었다. 나는 벌떡 일어났다. 그러다 찌르는 듯한 허리의 통증에 어헉! 숨을 들이켰다.

미란아!

숨 가쁘게 부른 내 목소리에 답한 것은 미란이 아니었다. 핸드폰 너머에서 한 남자가 말했다.

이야기는 들었지? 2천 2백만 원. 미란을 만나려면 돈을 보내줘. 당장 현금으로.

지금은 그런 돈 없어. 참외가 출하되고 나야 돈을 손에 쥘 수 있어.

대출을 받든지 그건 알아서 하고. 사흘 기한을 주겠어. 안 그러면 미란은 영원히 보지 못할 거야.

전화가 끊어졌다.

거실에서는 여전히 전쟁이 벌어지고 있었다. 맷 데이먼은 눈 한 번 깜빡이지 않고 사람들을 향해 총을 갈겨대고 무수히 사람들이 죽어가고 있었다. 총탄 사이로 나는 말했다.

미란은 나를 버렸을지 몰라도 난 한 번도 미란을 버린 적 없었어.

아버지가 고개 돌려 나를 보았다. 끼이익~ 쇠 마찰음이 났다. 아버지 뒤로 차량 추격전이 벌어지고 있었다. 나는 몸을 일으켰다.

저도 특수임무 수행하러 갈 겁니다.

허리의 통증 때문에 말투가 비장해졌다. 멍하니 나를 보는 아버지의 눈 속에서 마지막 불씨까지 다 타버리고 남은 회색의 재가 후르륵 날아가고 있었다.

풀꽃

풀꽃

문을 열고 들어섰을 때는 이미 재판이 시작되어 있었다. 그다지 크지 않은 법정은 참관인들로 꽉 차 있었다. 이 사건에 대한 사람들의 관심이 얼마나 큰지 실감이 났다. 자리를 찾지 못한 정은은 서 있는 사람들 틈을 비집고 들어가 벽 쪽에 붙어 섰다.

법정 안의 공기는 숨이 막힐 만큼 무거웠다. 재판관들 앞에는 하얀 수의(囚衣)을 입은 다섯 명의 문인들이 포승줄에 묶인 채 등을 보여주며 서 있었다. 처지고 야윈 어깨가 그동안 그들이 겪었을 고초가 어땠을지 보여주고 있었다. 재판관의 심문은 이미 끝났는지 검사가 공소사실을 발표하는 중이었다.

……피고인들은 일본에서 발간되는 『한양』이라는 잡지에 기고를 함으로써 반국가 단체를 이롭게 했다. 『한양』의 발간인인 두 김 씨는 북한의 사주를 받은 자인데 피고인들은 국제회의나 세미나 등에 참석하느라 일본에 갔을 때, 두 김 씨로부터 향응과 돈도 받으며

간첩 행위를 했다.

그런 내용들이었는데 신문을 통해 안 것과 크게 다르지 않았다.

이어 변론에 나선 변호사는 '간첩 행위'라는 공소 내용 자체를 부인했다. '……글을 쓰고 식사를 한 것이 전부였다. 그들 중 누구도 두 김 씨의 정체를 의심한 적 없었고 동조한 적도 없었으므로 간첩 행위가 될 수가 없다'라는 요지였다.

이어 검사는 『한양』 잡지를 증거물로 들고 나와 남한의 시책이나 현실을 비판적으로 다룬 내용을 지적하며 '한양'의 정체성에 의혹을 제기했다. 질세라 변호사는 현 정부에 비판적이라 해도 그것이 반국가 단체의 위장 출판물이라는 증거는 될 수 없다고 반격하며 피고인 외 『한양』에 기고했던 여러 필자진들 이름들을 나열했다. 정은도 알 만한 원로 작가들도 다수 들어 있었다.

유독 피고인들이 『한양』과 관련되어 간첩 행위를 했다고 보는 건 억측이라고 변호사가 주장하자, 검사는 피고인들은 조총련에게 사주받은 두 김 씨에게 포섭이 되었다고 반박하고, 변호사는 아무런 증거도 제시하지 못하는 발언을 법을 다루는 사람이 해서는 안 된다고 맞받아쳤다. 검사와 변호사 간의 설전은 날이 서 있었고 방청객들은 긴장한 얼굴로 숨을 죽이고 있었다.

저들 문인들은 정말 간첩 행위를 했을까? 정확한 사실을 알고 싶어 법정까지 찾아왔지만 보고 들을수록 정은은 점점 더 알 수가 없어졌다.

이어 증인 신문이 있었다. 검사 측이 내세운 증인은 피고인들이 일본에서 두 김 씨와 함께 어울려 유신정권에 비판적인 발언을 했음을 들었다고 증언했다.

판사는 변호사 측에도 나올 증인이 있느냐고 하였다. 그때 방청석에서 누군가 소리쳤다.

"피고인 측 증인 여기 있소."

없다고 말하려던 변호사가 흡, 숨을 들이켰다. 변호사의 시선을 따라 방청석 쪽을 보던 정은은 하마터면 아! 소리칠 뻔했다. 형부였다.

희끗한 머리와 수염, 그리고 풀 먹인 새하얀 한복이 어둑한 법정에서 환하게 빛이 났다. 정은의 옆에서 소곤대는 소리가 들려왔다.

"채혁 선생이잖아!"

"하와이에 가 있지 않았어? 언제 한국에 왔지?"

형부는 지난해 8월, 3년 반이라는 하와이 생활을 끝내고 돌아왔다.

형부가 초빙교수로 하와이로 가기 전까지는 병원을 운영하던 언니와 왜관에서 살았다. 처마가 푸른 하늘을 향해 날아갈 듯 곡선을 그렸고, 마당에는 나무와 꽃들, 식구들의 먹거리를 조달해주던 텃밭들이 정겹던 집이었다.

조카들은 서울 정은의 집에서 학교를 다녔는데 형부가 하와이로 가자 언니는 서울의 아파트를 구입하여 정은과 살림을 합쳤다. 하지만 식구들이 한 집에서 같이 살아본 건 얼마 되지 않았다. 언니는 의학의 새 흐름을 배울 기회가 생겨 2년 계약으로 일본 요코스

카 객원의사로 떠났고, 뒤늦게 형부를 쫓아간 질녀는 하와이대학에 입학하고, 조카는 월남전에 참전해버렸다. 그러니 형부를 반겨줄 사람은 세계 각지로 뿔뿔이 흩어져버린 식구들을 기다리고 있던 정은과 집안일을 도와주는 기숙밖에 없었다.

형부가 귀국하기 전날, 퇴근하던 정은의 눈에 길바닥에 늘어놓고 파는 난초가 뜨였다. 형부가 삭막한 아파트 생활을 처음 하게 될 거라는 데 생각이 미쳐 두 포기를 사서 집에 있던 빈 화분에 심었다.

형부가 돌아왔다는 소문이 나자 많은 사람들이 찾아왔다. 형부는, 집은 글을 쓰거나 책을 읽고 생각을 정리하는 공간으로만 사용하고 싶어 했지만 불쑥불쑥 들이닥치는 사람들의 발걸음을 막을 수는 없었다.

가을 학기부터 형부는 가톨릭대 신학부 대학원 강사직을 맡아 출강하게 되었고 기다란 잎이 멋스럽게 휘어진 난초 중 하나는 앙증스러운 꽃도 피워내 제 역할을 해주었다. 하지만 꽃은 보름도 가지 않았다.

누렇게 변한 꽃잎들이 떨어져 내리던 어느 토요일, 오전 수업을 마치고 돌아오던 정은은 아파트 동 앞에 세워진 고급스러운 검은 차를 보았다. 자기 차를 소유한 사람들도 많지 않은 시절이니 그런 고급 승용차를 보는 것은 흔한 일이 아니었다. 유리창은 짙은 선팅이 되어 있었지만 차 앞쪽에서 보니 운전석에 남자가 한 명 앉아 있었다. 머릿기름으로 머리카락을 올려붙였고 검은 정장 차림에 선

글라스를 끼고 있었다. 지나치게 단정한 운전수의 차림부터 일반 차량은 할 수 없는 짙은 선팅이 낯설었다. 정은은 갸우뚱하며 엘리베이터에 올랐다.

현관 벨을 누르자마자 기다린 듯 달칵, 문이 열리고 기숙이 몸을 쑥 내밀었다. 기숙은 흥분으로 얼굴이 달아올라 있었다.

"언니, 언니! 대통령 각하한테서 사람이 왔어요! 선생님 모시러 오셨대요!"

거실에 검은 양복의 사내가 서 있었다. 머리카락 한 올 흐트러짐 없는 단정한 모습에 각진 턱을 한 남자였다. 각진 턱이 아는 척 인사를 건넸다.

"안녕하세요? 처제분 되시죠."

안방 방문이 열리더니 형부가 나왔다. 외출 차림이었다. 하얀 한복과 두루마기가 적당하게 자란 턱수염과 잘 어울렸다. 모자를 쓰며 형부는 정은에게 말했다.

"박 첨지에게 잠깐 다녀오겠소."

각진 턱의 눈썹이 꿈틀댔다.

"대통령 각하라 부르십시오."

"나는 대통령이 아니라 친구 박 첨지를 만나러 가는 거요."

각진 턱의 말을 싹둑 잘라버린 형부는 곧장 현관으로 향했다. 각진 턱이 못마땅한 표정으로 뒤를 따라 나갔다. 정은은 엘리베이터까지 배웅했다. 형부와 각진 턱이 엘리베이터 안으로 사라진 후에도 정은은 얼른 발을 떼지 못했다. 걱정되었다. 외국에서 돌아온 지 얼마 되지 않아 형부는 시국이 어떻게 돌아가는지 자세히 알지 못할 텐데.

한국은 그동안 세계가 놀랄 만큼 빠른 속도로 경제성장을 했다. 사람들은 하면 된다는 희망에 찼고 한국은 활기가 넘쳤다. 사람들은 지긋지긋한 가난을 벗어나게 해준 박정희 대통령에게 감사했고 찬양했다. 그렇게 박수칠 때 떠나갔으면 얼마나 좋았을까. 불행하게도 박정희는 그러지 못했다. 권력을 내려놓고 싶어 하지 않았고 3선 개헌에 이어 지난해에는 10월 유신까지 강행하기에 이르렀다.

국민들은 경제 발전과는 별개로 일인의 장기 집권은 원하지 않았다. 민심이 흔들리면서 언론이 통제되고 공포정치가 시작되었다. 민심은 누르면 누를수록 더 세게 튀어 오르는 공과 같았다. 민주화를 갈망하는 사람들에 의해 곳곳에서 시위가 벌어졌고 사람들이 체포 구금되었다. 갑자기 연행되어 하루아침에 사라진 사람들도 있다고 들었다.

하지만…… 정은은 두 손으로 가만히 가슴을 눌러 불안한 마음을 달랬다. 무슨 별일이야 있겠어. 대통령은 형부를 존경하는데.

형부는 마음만 먹었다면 최고 권력을 마음껏 누릴 수도 있었다. 정권 초기에 박정희는 정계 요직을 주겠다고, 자기 옆에서 도와달라며 여러 번 부르기도 했다. 하지만 '시인이란 현실에서 보면 망종(亡種)이지요. 그래서 플라톤도 그의 이상 국가에서 시인을 추방하는 게 아닙니까.'라는 말을 남기고 떠나가는 형부를 박정희는 끝내 잡지 못했다.

형부는, 예술가는 세속적 권력을 탐내면 안 된다고 했다. 그곳에 발을 딛는 순간부터 예술성은 변질되고 순수성이 훼손될 수밖에 없다는 소신을 굽히지 않았다.

형부는 밤늦게 돌아왔다. 옆에서 코까지 골며 자던 기숙이 벨소리에 눈을 떴다. 더 자라 하고 정은이 나가 문을 열어주었다. 찬바람이 형부를 따라 들어왔다. 기색을 살피며 정은이 물었다.

"대통령 각하는 뵈었어요?"

형부는 고개를 끄덕이며 안방에서 옷을 갈아입고 나와 서재로 향했다. 궁금해서 견딜 수가 없었다. 언니도, 조카들도 없는데 나쁜 일이라도 생기면 어떡하나 걱정도 되었다.

정은은 차 한 잔을 준비해 들고 서재 문을 두드렸다. 형부는 만년필을 쥔 채 책상에 앉아 있었다. 책상 위에는 원고지가 펼쳐져 있었다. 책상 옆으로 베란다로 향한 큼직한 창문이 나 있었다. 베란다에 둔 난초 화분이 보였다. 두 개의 화분 다 난초 잎끝이 누렇게 말라 있었다. 기숙이 물을 제대로 안 주나, 정은은 혀를 찼다. 기숙에게만 맡기지 말고 내가 물을 줘야겠네.

형부가 앉은 의자의 뒤와 옆 벽은 천장까지 닿게 책장이 짜여 있었고 책장에는 책들이 빈자리가 없을 만큼 꽉 차 있었다.

이 아파트에 입주하면서 언니가 제일 신경 쓴 것은 형부의 서재였고, 최대한 책을 많이 넣을 수 있는 책장이었다. 형부는 하와이로 가면서 많은 책들을 도서관에 기증했다. 하지만 하와이에서 돌아올 때 가지고 온 형부의 짐도 거의 책이어서 서재는 다시 차버렸다. 오래지 않아 이 서재는 다시 공간이 부족해질 것이다.

정은은 펼쳐진 원고지를 피해 책상 귀퉁이에 찻잔을 내려놓으며 슬쩍 물었다.

"각하가 왜 부르신 거래요?"

다른 때 같으면 찻잔만 내려두고 조용히 나갔을 정은을 잠시 보더니 형부는 순순히 대답했다.

"내 도움이 필요하다고 하더군요."

간곡하게 장관 자리를 제의했다고 했다. 형부는 '나는 수염 기르는 야인일 뿐이오'라며 끝까지 사양했다. 형부의 고집을 결국 꺾지 못한 박정희는 언짢아하며 형부의 어깨를 툭 쳤다. '당신 참 고약한 사람이야.'

조아렸던 마음이 풀리면서 한편으로는 아쉽기도 했다. 이 권력을 잡으려 얼마나 수많은 사람들이 발버둥을 치고 있는데 걷어차다니. 절대 권력자 주변이니 사람이야 얼마나 많겠는가. 그런데 대통령은 싫다는 형부를 옆에 두고 싶어 매번 불러내네……. 어쩌면 대통령은 자신의 옆에서 입바른 말을 해줄 사람을 원하고 있는 건지도 모르겠다 싶었다.

"대통령도 참 딱하다 싶네요. 사람은 많아도 형부만큼 믿을 만한 진짜 친구는 없나 봐요."

형부도 우울한 표정이었다.

"그래서 친구로서의 고언을 해주었어요."

가슴이 철렁했다.

"고언이라뇨?"

"샤먼이 되지는 말라고 했어요. 백성을 위해 사용하라고 주어진 힘을 개인 우상화를 위해 써서는 안 된다고 했어요."

"형부, 부탁이에요. 제발 말조심해주세요."

왜 이리 물정을 모를까 싶어 정은은 저절로 학생을 가르치는 국민학교 선생님의 말투가 되었다.

"형부, 한국이나 대통령은 예전 형부가 알던 그때나 그 사람이 아니에요. 대통령 손가락 하나만 까딱해도 사람 목숨이 죽었다 살았다 하는 시국이 됐다고요. 대통령 면전에다가 감히 그런 말씀을 하시다니, 그러다 그분 심사라도 뒤틀리면 어쩌실래요. 뒷감당을 어떻게 하려고 그러세요!"

예전부터 형부가 하는 일에 언니는 토를 다는 일이 별로 없었지만 정은은 곧잘 입바른 소리를 했다. 매사 남을 가르치려 드는 정은에게 언니는 직업병이라고 핀잔을 주곤 했다. 형부가 만년필을 잡고 원고지에 다가앉았다. 나가달라는 의미였다. 정은은 빈 찻잔을 챙겨 방을 나왔다.

방문을 닫기 직전 정은은 형부가 내뱉는 나지막한 탄식소리를 들었다.

"딱한 사람. 그 장하던 의기가 어쩌다 돈키호테의 광기로 변하고 그 절박하던 성정이 방자로 바뀌었을꼬*……."

---

* 구상의 비판시 「모과옹두리에도 사연이 77」

다음 날, 다른 날처럼 일찍 정은은 출근길에 나섰다. 형부는 벌써 일어나 나가고 없었다. 형부는 강을 좋아했다. 강의가 있는 날이건 없는 날이건 비만 오지 않으면 형부는 늘 한강으로 산책을 나가곤 했다. 형부의 약한 폐에는 새벽 산책이 좋지 않다고 몇 번 말려봤지만 고집을 꺾지 못했다. 겨울로 들어선 바람이 제법 매서웠다. 이런 찬바람에 강으로 가다니. 정은은 쩝, 입맛을 다셨다.

옷깃을 추켜세우고 종종걸음으로 서둘러 버스 정류소로 향하는데 검은 차 한 대가 서서히 속력을 늦추더니 정은의 옆에 섰다. 검은 양복을 입은 남자가 내렸다. 어제 집을 찾아왔던 사람은 아니었다.

"잠깐만 말씀드릴 게 있습니다."

예의 바른 말투지만 날카로운 눈매가 차가웠다. 정은은 저만큼에서 버스가 오는지 보며 말했다.

"누구신지 모르지만 지금은 바빠요."

"중앙정보부에서 나왔습니다."

정은의 몸이 저절로 굳어졌다.

"조금 전에 한 대가 지나갔으니 적어도 15분 이상은 더 기다려야 할 겁니다. 그 정도 시간이면 충분해요. 버스를 두 번 타고 가야 하는 것도, 버스 한 대 놓치면 한참 기다려야 한다는 것도, 그럼에도 학교에 가장 먼저 출근하는 선생님이신 것도 잘 알고 있으니 오래 붙잡진 않겠습니다."

말로만 듣던 중앙정보부에서 자신을 찾아와 눈앞에 서 있다는 것보다 정은의 사소한 일상까지 이미 다 뒷조사가 되었다는 게 더 소름 끼쳤다.

"채혁 선생님께 대통령 각하의 심기를 거스르는 언행을 주의하라고 전해주십시오. 그리고 사람을 가려 사귀라고 하십시오. 빨갱이들이 얼마나 깊숙이 침투하여 곳곳에서 설치는지 채 선생님도 아셔야 할 겁니다."

더없이 예의 바른 말투여서 오히려 섬뜩했다. 두려워하는 모습을 보여주고 싶지 않았다. 당당해 보이려 배에 힘을 주었다.

"제가 왜 그런 말을 전해야 하는지 모르겠네요."

"채 선생님은 오신 지 얼마 안 돼서 한국 실정을 잘 모르시는 거 같은데 사모님도 안 계시니까요. 각하의 친구분이 공연한 구설수에 휘말리는 건 저희도 원하는 바는 아닙니다. 그런 일이 발생하면 서로 불행한 일이지요. 대통령 각하를 위해서라도 몸조심하셔야지요."

"지금 협박하시는 건가요?"

"그럴 리가요. 처제분께서도 채 선생님이 다치는 건 바라지 않으실 거라 믿고 부탁드리는 거지요. 이제 버스가 올 때 됐네요. 놓치시면 안 되니 전 이만 물러나겠습니다."

검은 양복은 예의 바르게 인사를 하고 차에 올랐다. 검은 양복을 태운 차가 시야에서 사라지자 긴장이 풀려 정은의 다리가 후들대었다. 온몸이 와들와들 떨렸다. 때마침 불어온 찬바람 탓만은 아닐 것이다.

하루 종일 수업이 제대로 되지 않았다. 자신을 쳐다보고 있는 초롱초롱한 눈망울 앞에서 정은은 평정심을 지키려 무던히 노력했다. 하지만 그렇게 되진 않았던지 후배 교사가 물었다.

"선생님, 무슨 일이 있어요? 오늘 좀 이상해요."

검은 양복은 정은에 대해 다 알고 있음을 과시했다. 공포심을 주기 위한 의도와 함께 형부가 만나는 사람들에 대해서도 다 파악하고 있다는 경고이기도 했다. 심지어 대통령과 형부 두 사람만이 나누었을 이야기도 알고 있는 듯한 언질도 주었다. 많은 것을 안다는 것은 자신들 입맛대로 왜곡할 수도 있는 힘이 될 수도 있었다. 검은 양복 뒤에 숨어 있는 사람들의 정보력이 무서웠다.

검은 양복들은 자신의 권력을 지키고 싶어 하는 수많은 조직 중 하나 조직일 것이다. 대통령과 친구라는 것도, 입바른 소리를 서슴지 않는 것도, 권력을 탐하지 않기에 두려울 것도 없는 형부는 그들이 다루기 힘든 껄끄러운 상대일 게 틀림없었다.

현관문을 열고 들어서니 베란다에 서 있는 형부의 등이 보였다. 다가가보니 형부는 난초 화분을 보고 있었다. 누레진 잎들이 축축 늘어져 꺾여 있었다. 공연히 미안해서 정은이 변명했다.

"시드는 거 같아서 물을 자주 주었는데도 저러네요."

"그게 탈이 난 건가 싶어요. 난초는 물을 많이 먹는 식물이 아니라더군요."

부엌에서 종지를 들고 베란다로 오던 기숙이 볼멘소리로 툴툴 댔다.

"내가 잘 주고 있으니 주지 말라고 몇 번이나 말했냐고요. 언니는 왜 내 말을 안 믿나 몰라."

형부가 미안한 듯 말했다.

"처제만이 아니라 사실은 나도 물을 줬어. 이제 보니 우리 모두가 다 물을 주었네."

형부 창문의 반대쪽 베란다에 놓인 된장 항아리에서 된장을 퍼내 종지에 담던 기숙이 피식, 웃음을 흘렸다.

"선생님도 언니도, 다 자기가 안 돌보면 안 될 거라고 생각했나 보네요. 내가 어련히 알아서 할까, 좀 맡겨두지. 그 바람에 도로 죽게 생겼잖아요."

형부와 마주 선 기회를 놓치지 않고 정은이 말문을 열었다.

"며칠 전, 형부를 모시러 왔던 사람, 혹시 중정에서 나온 거였어요?"

"대통령 경호실에서 보낸 사람이오."

"저 오늘 중정 사람을 만났어요."

무슨 소리냐는 눈으로 보는 형부에게 정은은 검은 양복의 경고를 전해주었다. 하지만 형부는 정은의 말이 다 끝날 때까지 아무런 표정 변화도 없었다. 너무 덤덤해 보여 정은은 형부가 요즘 시국이 어떻게 돌아가는지 도무지 모르는가 싶어 강하게 다짐을 주었다.

"형부, 조심하셔야 돼요."

"나야 야인일 뿐인데 조심할 일이 뭐가 있겠소."

"그들은 그렇게 안 보니 문제죠. 권력은 부모형제 간에도 나누지 않는다는 옛말도 있잖아요. 경호실과 중정은 자신들의 권력을 지키기 위해 무슨 짓이든 할 거라고요. 그들 간에도 권력다툼이 만만치 않다는데 대통령이 직접 형부를 챙기는 게 달갑겠어요? 대통령도 마찬가지라고요. 감히 대통령의 부탁을 거절한 형부가 얼마나 괘씸하겠어요. 감정적인 문제만이 아녜요, 한편이 되지 못하면 가장 위험한 적이 될 거라고 생각할지도 몰라요. 형부는 온 천지에 적을 만들고 다니는 거라고요."

하하하, 형부가 소리 내서 웃었다.

"이제 보니 우리 처제가 시사평론가네. 어쨌거나 나 때문에 처제가 욕봤구려."

"웃을 일이 아니라니까요. 형부는 여러 권력기관이 주시하는 인물이 된 거라고요."

태평해 보이는 형부가 답답해서 정은이 쏘아붙이자 된장을 담은 종지를 들고 부엌으로 가던 기숙이 발을 멈추고 겁먹은 눈으로 두 사람을 번갈아 보았다.

잠자리에 들기 전 정은은 일본에 있는 언니에게 편지를 썼다. 말도 제대로 안 통하는 남의 나라에서 어려운 공부하느라 힘든 줄 알지만 도움을 청할 사람은 언니밖에 없었다. 언니는 아직 반년은 더 있어야 돌아올 텐데 그전에 무슨 일이라도 생기면 감당을 해낼 자신이 없었다. 형부를 잘 설득해달라고 부탁했다. 그들을 자극하는 말이나 행동은 삼가야 한다고 적었다.

보름 후 형부와 정은에게 언니에게서 편지가 왔다. 형부 편지는 서재에 가져다 두고 자신의 것을 뜯어보았다. 정은이 기대한 답이 아니었다. 염려하는 바는 알겠지만 형부의 판단에 맡기라는, 언제나 형부를 지지하는 언니다운 답장이었다. 부아가 났다. 그러다 나쁜 일이라도 생기면 나 혼자 어떻게 감당하라고.

형부는 변함없이 출강하고 여전히 글을 쓰고 다양한 사람들을 만났다. 정은의 눈에 반정부 인사들로 보이는 사람들과의 교류도 여전한 듯했다. 검은 양복 측이 형부의 일거수일투족을 지켜보고 있을 텐데 싶었지만 자꾸 잔소리할 수도 없고 혼자 애만 탔다.

강박처럼 출퇴근할 때마다 집 주위를 둘러보며 낯선 사람이 없는지 살펴보았다. 방학이 되어 집 밖을 나갈 일이 줄어도 감시당하고 있다는 불안감은 쉬 사라지지 않았다.

2월이 지나자 죽은 난초 화분에 파릇한 잎이 보였다. 난초는 아니었다. 잡초였다. 처음부터 난초와 함께 살던 것인지 바람을 타고 온 것인지는 알 수 없지만 볼품없이 너저분하기만 했다. 뽑아버리려 했지만 형부가 말렸다.

"저놈들 무한한 생명력이 흐뭇하지 않소? 제 힘으로 살 곳을 찾아와서는 아무도 돌보지 않아도 저 혼자 푸른 잎을 피우고, 가꾸는 사람 없어도 저리 씩씩하게 잘 자라주니."

대견해하는 형부의 응원에 힘입어 잡초는 난초 화분을 차지하고 본격적으로 주인 행세를 하기 시작했다.

신학기가 시작되었다. 불안감은 여전하여 퇴근길 버스를 내리자 정은은 습관적으로 주위부터 둘러보았다. 막 아파트 입구로 들어서려는데 낯익은 얼굴이 걸어 나오고 있었다. 자그마한 키에 마른 몸매에 허름한 차림의 남자. 시인 조광수였다.

"우리 형부를 만나고 가시는 길이에요?"

정은이 인사를 건넸다. 조광수가 돌아보더니 밑도 끝도 없이 말을 내뱉었다.

"탄원서를 못 써주겠답디다."

무슨 말인가 의아해하자 조광수가 덧붙였다.

"문인 다섯 명이 갇혔습니다, 간첩죄로요. 그 말도 안 되는 죄로 잡힌 그들을 위한 탄원서에 도장 하나 찍어달라는 걸 거절하네요."

문인간첩단 사건이구나! 신문에서 그들의 이름을 보았을 때 정은의 머리를 후려친 것은 검은 양복이 했던 경고였다. 그는 곳곳에 빨갱이들이니 사람을 가려 사귀라고 했다. 문인간첩단에 이름이 오른 몇은 형부와 교류가 있는 사람이었고 이 사건에 등장하는 『한양』은 형부도 관여하고 있는 잡지였다. 긴급조치법이 1호, 2호, 3호 연이어 발표되던 살벌한 시국이었다. 가슴이 철렁했다. 엮자고 들면 형부도 엮여 들어갈 수도 있었다. 검은 양복은 이런 일을 미리 경고했던 건가. 그들에게는 대통령에게 거침없이 자신의 생각을 말할 수 있는 형부의 존재도 그리 달갑지 않을 것이다. 불안한 마음에 정은은 어깃장을 놓았다.

"탄원서에 도장 하나 찍는 게 무슨 도움이 될 거라고 그러세요."

"그러니 지레 포기하라고요? 그들이 간첩이 아니라는 걸 우리라도 보증해야죠. 그런데 제 몸에 혹시 불똥이라도 튈까 몸을 사리는 사람들이 참 많습디다. 선생님까지 그럴 줄은 몰랐네요. 큰 분인 줄 알았더니 이제 보니 다른 소인배랑 다를 게 없잖아요."

"조 시인은 그분들과는 한 발 물러서 있으니 그리 마음 편하게 말할 수 있죠!"

남의 사정도 모르고 무작정 비난부터 하는 조광수에게 화가 났다. 정은이 쏘아붙이자 조광수가 냉소를 지었다.

"아, 그렇죠. 채 선생님은 박정희의 친구이시죠. 알았어요, 알았어. 선생님은 박정희의 휴머니스트나 되시라 하세요.* 전 억울하게 옥살이하는 분들 탄원서를 받으러 다녀야 해서 가야겠습니다. 그분들에게는 채 선생님이 도와줄 거라는 꿈은 깨라고 전해주지요."

조광수가 휑하니 몸을 돌려 가버렸다.

등 뒤에서 누군가의 시선이 느껴졌다. 황급히 돌아보니 아무도 없었다. 둘러보니 담장 위에 피어난 개나리가 정은을 향해 노랗게 웃고 있었다. 정은은 쫓기듯 허둥지둥 집 안으로 달려 들어갔다.

형부는 베란다에 앉아 무언가를 하고 있었다. 커다란 화분이 하나 나와 있었고 바닥은 흙들이 수북했다. 어느새 난초 화분에 꽉 찬 잡초들을 형부는 큰 화분에 옮겨 심는 중이었다. 그깟 잡초를 뭐하러 저렇게까지 하나 싶었지만 씩씩대며 나가던 조광수가 떠올라 입 밖에 말을 내지는 않았다.

* 고은의 「바람의 기록」

조광수는 형부에게 어떤 말을 했을까? 형부의 추종자 중 한 사람이었던 조광수에게 감히 모욕적인 말을 듣지나 않았을까? 묵묵히 잡초 화분만 손보고 있는 형부의 속마음이 정은은 도무지 짐작되지 않았다.

잡초 주위에 정성껏 흙을 채워주고 듬뿍 물까지 주는 형부의 뒷모습은 어쩐지 외로워 보였다. 하지만 커다란 화분으로 옮겨진 잡초는 한결 여유로워졌다.

다음 날부터 정은은 눈만 뜨면 신문에서 문인간첩단 사건 기사부터 찾았다. 지나간 신문까지 찾아 뒤져보았다. 하지만 신문 기사만으로는 자세한 사정을 알 수가 없었다.

형부는 여전히 변함없었다. 정은이 일어나기도 전에 새벽 산책을 나갔고 일주일의 반은 밤늦게 돌아왔다. 집 안에 있는 날은 거의 서재에 들어앉아 있었다. 차 한 잔을 가져다주러 들어가도 일에 빠져 있는 형부를 방해할 수 없어 금방 나와야했다.

신문 한 귀퉁이에 문인간첩단 재판이 열릴 거라는 기사가 났다. 정은은 눈으로 직접 확인해보기로 했다. 공판일을 알아보니 다행히 오후였다. 새 학년 들어 맡은 2학년은 오전 수업밖에 없어서 일찍 퇴근해도 학생들에게 큰 지장은 주지 않을 거 같았다. 동료 교사에게 종례를 부탁하고 교문을 나섰다. 직장 생활을 시작한 후 한 번도 결근이나 조퇴를 해본 적이 없었던 정은이었다. 텅 빈 넓은 운동장을 지나 혼자 교문을 나서는 것이 어색하고 죄짓는 기분이었다.

요만한 규칙을 어기는 것도 이토록 마음이 편하지 않는데 그들은 정말 간첩죄를 지었을까? 법정 문을 열고 들어서기 전까지 정은의 머릿속에선 한 가지 생각뿐이었다. 어쨌건 간첩죄라잖아. 형부는 이 사건에 엮이면 안 되는데.

원산에서 살다가 해방 후 북쪽을 점령한 공산당의 인권 탄압에 저항하다가 결국 38선을 넘을 수밖에 없었던 형부였고 정은이었다.

사람들의 시선을 한몸에 받으며 형부는 방청석에서 천천히 걸어 나오고 있었다. 정리들이 앞을 막았다. 형부가 부드럽게 말했다.

"들어가게 해주시오. 나는 피고인 측 증인이오."

검사가 판사를 향해 말했다.

"피고인 측은 오늘 증인 신청한 바가 없습니다."

그러자 형부가 판사들에게 부탁했다.

"피고인들이 저를 증인으로 신청하였다는 말을 듣고 왔습니다. 그런데 제가 증언할 수 있는 시간은 오늘밖에 없습니다. 그러니 지금 증언할 수 있게 해주십시오."

변호사가 재빨리 나섰다.

"존경하는 재판관님, 이후 재판 과정에서 채혁 증인을 피고인 측 증인으로 신청한 것은 사실입니다. 그러므로 증인의 일정을 고려하여 오늘 본 법정에서 증인 신문을 할 수 있도록 허락해주시기 바랍니다."

포승줄에 묶인 문인들이 고개를 돌려 형부를 보았다. 형부도 그들을 보았다. 오고가는 그들의 눈빛에서 무언의 대화를 보며 정은의 가슴도 뭉클해졌다.

─와줘서 고맙습니다.

─나야말로 미안하오. 당신들을 그곳에 서게 하다니.

판사가 검사와 변호사를 불렀다. 판사는 다가온 그들에게 무언가를 이야기했다. 검사가 항의하는 듯 했지만 마침내 결론이 났다.

"증언을 허락합니다. 증인은 증인석에 오르시오."

정은의 옆에서 소곤대는 목소리가 들려왔다.

"저분, 탄원서 서명도 거절했다며? 어용이라고 소문났더니 어찌된 거지?"

"그러게. 근데 저봐, 부르지도 않았는데 자청해서 나오셨잖아."

정은은 그들에게 대답해주고 싶은 걸 억지로 참았다.

보면 모르겠느냐고, 이렇게 증언대에 서려고 탄원서에 이름을 올리지 않은 거였다고, 탄원서에 형부 이름을 드러내면 외압이 들어왔을 거라고, 그러면 지금처럼 자유롭게 이 자리를 찾아오기는 힘들었을 거라고.

그것은 정은 자신에게 하는 말이기도 했다. 그랬구나. 그래서 형부는 끝까지 침묵하고 있었구나. 조광수만이 아니라 많은 비난들이 들려와도 어떠한 변명도 하지 않은 거였구나.

증인석에 앉은 형부에게서 사자후가 터져 나왔다.

"『한양』 때문에 이 사람들이 묶여야 한다면 내가 제일 먼저 묶여야 할 것이오. 『한양』과 제일 가까운 사람은 저 사람들이 아니라 바로 나이기 때문이오.『한양』과 저 사람들이 도대체 무슨 문제가 있다는 거요?『한양』은 한국어로 일본에서 발간되는 한국어 문예지이고 그것을 한국에 보급하던 사람도 나요. 그러니 그게 문제가 된다면 이 자리에서 나도 같이 체포하시오."

긴급조치법이 서슬 퍼렇게 휘둘러지고 있는 유신정권의 법정에서 저토록 담대하게 말하다니. 형부의 거침없는 증언이 법정을 가득 채울 동안 방청객들은 숨을 죽였다.

형부는『한양』이 국회도서관은 물론이고 공립도서관, 대학도서관에 다 들어가는 잡지라고 했고 변호사는 그에 따른 증거자료는 다음 공판에 제출하겠다고 하였다.

이어 변호사는『한양』이 조총련 자금으로 운영된다고 생각하느냐고 묻자 형부는 조총련과는 무관하며 '한양원'이라는 음식점 경영으로 얻는 수입과 한국 거류민 단체의 협찬 광고로 충당하는 것으로 안다고 대답했다.

어쩌면…….

이미 형부는 중정이나 청와대 쪽에서 모종의 압력을 받았는지도 모른다는 생각이 정은의 머리에 퍼뜩 스쳐갔다. 그들의 정보력을 보면 형부가 그들의 증인 신청을 받았다는 걸 모를 리가 없었다. 그렇다면 조광수가 탄원서 서명조차 거절했다며 소문내고 다닌 것이 형부를 보호한 셈이 되었다. 형부는 자신을 향한 비난에 변명도 하지 않았고 형부가 받았을 압력에도 침묵했다. 그러다 아무도 예상치 못한 날에 불시에 나타나 증언을 자청하여 그들의 허를 찔렀다.

문인들에게 죄를 물으려면 자신에게도 물어야 한다며 문인들의 무죄를 주장하는 증언을 거침없이 쏟아낸 후 형부는 증인석에서 내려왔다. 방청석으로 돌아가는 형부를 바라보는 사람들의 눈빛에 감동이 서려 있었다.

밤이 이슥해질 때까지 형부는 돌아오지 않았다. 기숙은 자러 들어가고 혼자 거실에서 텔레비전 앞에 앉아 있었지만 무슨 내용인지 눈에 들어오지 않았다. 창을 부딪치는 빗방울 소리가 들렸다. 바람을 타고 베란다에 비가 들이치고 있었다. 정은은 몸을 일으켰다. 창문을 닫으려던 정은의 눈에 문득 잡초 화분이 보였다. 잡초는 넓어진 화분에서 제 마음껏 활개를 치며 뻗어 나가고 있었다. 실 같은 꽃대에 밥풀처럼 자잘한 하얀 꽃들이 어지럽게 피어 있는 것이 보였다. 가만 보니 필 준비를 하고 있는 여드름 알갱이 같은 몽우리도 맺혀 있었다. 정은은 닫으려던 창문을 도로 활짝 열었다. 비가 기다린 듯 들이쳐 정은의 뺨을 치고 머리카락을 날렸다.

정은은 화분을 창문 가까이 옮겨주었다. 봄비를 맞는 잡초는 눈에 뜨이게 싱싱해졌다. 욕심껏 제 생명을 더 많이 퍼트릴 준비를 하는 잡초를 보며 정은은 처음으로 그들의 생명력이 참 아름답다는 생각이 들었다.

광야에 서다

광야에 서다

탕탕!

으악!

몇 발의 총소리에 이어 비명 소리가 들렸다. 반대쪽으로 달아났던 김 동지의 목소리였다. 돌아보는데 탕, 총소리와 함께 그의 옆으로 총알이 날아갔다.

사냥꾼에 쫓기는 한 마리 짐승처럼 그는 숲을 향해 필사적으로 달렸다. 나무들과 초여름을 맞은 울창한 나뭇잎과 몸을 가릴 구릉, 크고 작은 바위틈이 있는 숲이 그를 숨겨주기를 간절하게 바랐다.

탕!

막 숲으로 들어서는 순간 다시 총소리가 울렸다. 오른쪽 장딴지에 불에 달군 꼬챙이가 쑤시고 들어오는 듯했다. 풀썩 그가 넘어졌다. 쓰러진 그의 귓가에서 어머니가 소리쳤다. 일어나라! 살아야 한다. 반드시 살아서 돌아와야 한다.

이를 뿌드득 갈았다. 이 낯설고 황량한 벌판에 뼈를 묻지 않겠다. 일본의 패망을 보고야 말 것이고 조선의 독립을 맞이하고 말 것이다. 그리고 어머니…….

그는 일어났다. 그들이 오기 전에 몸을 숨길 곳을 찾아야 했다.

숲은 쭉쭉 뻗은 나무들이 하늘을 찌를 듯했다. 나뭇가지들도 하늘을 향했고 나뭇잎들도 그의 키보다 높은 곳에서 하늘을 가리고 있었다. 숲은 나무가 잘 자란 평원과 같았다. 어둡지 않았고 바위도 없었고 구릉도 높지 않았다. 한계를 넘어선 심장이 금방이라도 멈춰버릴 듯했다. 그는 가쁜 숨을 내쉬며 숲을 헤맸다.

나무들이 몇 그루 쓰러져 있는 곳이 있었다. 그루터기만 남은 나무와 반 동강이 난 채 널브러진 나무도 있었다. 러시아 적군(赤軍)들 두어 명이 숲으로 들어서는 것이 어른어른 보였다. 다급해진 그는 허리께 정도 크기의 그루터기 속을 보았다. 속은 비어 있었지만 사람 한 명도 숨을 수 없을 만큼 좁아 보였다. 이것저것 잴 시간이 없었다. 그는 나뭇잎이 달린 나뭇가지를 꺾어 들고 즉시 그루터기 속으로 몸을 집어넣었다. 위를 나뭇잎으로 대충 덮고 머리를 가슴에 파묻고 웅크려 고치 속의 누에처럼 몸을 말았다. 남보다 작은 체격인 것이 그때만큼 고마울 수가 없었다. 삐죽삐죽 튀어나온 나무 조각이 살갗을 찢었지만 아픔도 느껴지지 않았다. 쾅쾅, 심장 뛰는 소리가 너무 커서 그들의 귀에 들릴 거 같았다.

타타탁, 어지러운 발자국 소리, 고함소리. 소리들이 점점 멀어져 갔다. 어지러웠다. 그는 움직이지 않았다. 입이 바짝바짝 말라왔다. 그래도 견뎠다. 엉덩이 아래가 축축하고 끈적끈적하였다. 참아냈다. 나무 속에 꼭 끼어 옴짝 달싹도 할 수도 없었다. 온몸이 굳는 것 같았다. 눈앞이 빙글빙글 돌았다. 그는 자꾸 흐려지는 의식을 붙들기 위해 스스로에게 소리쳤다.

……정의는 무적의 칼이니 이로써 하늘에 거스르는 악마와 나라를 도적질하는 적을 한 손으로 무찌르라. 이로써 5천 년 조정의 광휘를 현양(顯揚)할 것이며, 이로써 2천만 백성의 운명을 개척할 것이니, 궐기하라 독립군! 제하라 독립군!……

1919년 2월에 조소앙이 쓰고 러시아나 만주에 있는 39명의 독립지사들의 이름으로 발표된 무오독립선언서였다. 이 글을 처음 읽었을 때 그의 가슴이 얼마나 뛰었던가. 하도 읽어서 전문을 줄줄 욀 수 있었다. 그다음 구절이 뭐였더라? 그는 생각해내려 애를 썼다. 머릿속이 꽉 막힌 듯 얼른 떠오르지 않았다.

……황천의 명령을 크게 받들어 일절 사망(邪網)에서 해탈하는 건국인 것을 확신하여, 육탄혈전으로 독립을 완성할지어다…….

앞뒤가 잘린 채 한 대목이 간신히 떠올랐다. 육탄혈전으로 독립을 완성하라는 그 구절에 끓어올랐던 그의 피가 새삼 반응했다.

무오독립선언서에 이어 2월 8일에는 일본 유학생이 주축이 되어 도쿄에서도 독립선언서가 발표되었다. 그리고 3월 1일, 한반도에서 전국적인 만세운동이 벌어졌다는 소식이 들려왔을 때는 더 이상 참을 수 없었다. 서일이 대한정의단을 결성하고 그것이 대한군정부를 거쳐 북로의정서라는 이름이 바뀌면서 독립군으로 체계를 갖추어가자 그는 조국 해방의 '육탄'이 되어 '혈전'에 자신의 뜨거운 피를 뿌리기로 했다. 어머니는 그의 결심을 막지 못했다. 그가 집을 떠나던 날 밤새 눈물로 지새웠던 어머니의 눈은 짓물러 있었다.

조용해진 것 같았다. 조심스레 고개를 들었다. 뿌드득 굳은 목뼈가 제자리 찾는 소리가 요란하게 들렸다. 제풀에 놀라서 황급히 목을 움츠렸다. 한참 기다렸지만 아무 소리도 들리지 않았다. 다시 고개를 살며시 내밀었다.

후두둑. 머리 위를 덮었던 나뭇가지가 바닥으로 떨어지는 소리가 천둥소리처럼 크게 들렸다. 가슴이 철렁했다. 목을 뽑아 눈만 조금 내어보았다. 주위를 둘러보았지만 쭉쭉 뻗은 나무들 외에 사람의 기척은 없었다.

그러고도 한참 더 기다렸다가 몸을 움직였다. 몸이 나무 등걸 속에 꼭 끼어 잘 움직여지지 않았다. 억지로 몸을 비틀어 공간을 만들었다. 굳었던 뼈마디가 부서질 듯 소리를 냈다. 간신히 손이 움직일 공간이 만들어졌다. 오른손을 들어 나무 밖으로 냈다. 왼손은 좀 더 쉽게 빠져나왔다. 막혀 있던 피가 다시 통하느라 두 손이 한참 동안 저릿저릿했다. 두 팔의 움직임이 자유로워진 후 몸을 일으키려는데 다리가 마비된 듯 움직이지를 않았다. 그는 다리를 도와주기 위해 오른손을 나무 속으로 집어넣었다. 축축하고 미끄덩한 것이 만져졌다. 손을 꺼내 본 그는 흠칫 놀랐다. 온통 피로 벌겠다. 그는 다리를 끌어당겨 움직이게 하려고 애를 썼다. 오른쪽은 움직여지지 않았다. 간신히 굳어 있던 왼쪽 편 다리가 움직이면서 그의 몸을 지탱해주었다. 오른쪽 다리도 덜렁대며 딸려 나왔다. 마침내 나무에서 빠져나올 수 있었다. 자신을 감춰준 나무를 보며 그는 또 놀라야 했다. 죽은 지 제법 되는지 바짝 마른 자작나무였는데 제정신이었다면 들어갈 생각조차 못했을 만큼 좁은 공간이었다. 자신이 숨었던 곳이 아니라면 그곳에 사람이 들어 있었다는 걸 믿지 못했을 것이다. 나무 바닥이 피로 흥건했지만 확인해볼 여유는 없었다. 나무 속을 빠져나오자마자 먼저 몸을 최대한 낮추고 주위부터 경계하였다. 한참을 기다렸지만 여전히 다른 기척은 없었다. 러시아 적군들이 다 사라진 것 같았다. 비로소 자신의 몸을 살펴보았다.

다리 아래가 피투성이였다. 오른쪽 종아리가 살과 근육이 찢어져 너덜너덜했다. 그때야 자신이 총에 맞았음을 기억해냈다. 총알은 관통하여 빠져나간 듯했지만 조금 전까지 심장이 감당해내지 못할 만큼 달려주었고 나무 그루터기 안에 구겨 들어가 러시아 적군을 피할 수 있게 해준 다리라는 것이 믿기지 않는 심각한 부상이었다.

고통은 깨달음과 함께 뒤늦게 들이닥쳤다. 몸을 조금 움직이기만 하면 비명이 터져 나왔다. 그동안 느끼지 못하고 있었던 것을 보복이라도 하듯 통증은 한꺼번에 그를 덮쳐왔다.

이봐, 정신 차려. 새삼스러울 것 없어.

신음이 새어나가지 않게 이를 악물며 스스로를 나무랐다.

넌 사관연성소 출신이야. 실전도 치러봤잖아. 부상당한 동지 응급 처치도 해보았고. 이번에는 부상자가 너라는 것 외엔 다를 것 없어.

1920년 9월에 첫 졸업생 298명을 낸 사관연성소는 독립군 단체인 북로군정서가 독립군 양성을 위하여 왕청현 십리평 산곡에 설치한 독립군 배출 학교였다. 총재는 서일이었고 사관연성소 소장은 김좌진 장군이었다. 1년 전에는 청산리에서 시작된 일본군과의 6일간의 치열한 전투도 치렀다. 김좌진 장군의 북로군정서, 홍범도의 대한독립군, 안무의 대한국민군 연합군이 청산리 백운평에서 시작하여 완루구·어랑촌·천수평·봉밀구·고동하 등 밀림지대에서 치른 10여 차례 격전 중 어랑촌 전투에서는 찬란하다고밖에 표현할 수 없는 대승을 거두었다.

독립군이 백 명 정도의 사상자가 발생한 데 비해 두 배 이상의 병력에 월등한 화력으로 무장했던 일본군은 3천 명 이상의 사상자를 내고 참패하여 물러났던 것이다. 어랑촌 전투가 끝난 후 동지들은 얼싸안고 눈물을 흘렸다. 그때의 감격은 그가 살아 있는 동안은 결코 잊을 수 없을 것이다.

6월인데도 한기로 온몸이 와들와들 떨려왔다. 피를 너무 많이 흘려서 체온이 떨어지고 있었다. 빨리 지혈을 해야 했다.

겉옷을 벗었다. 속옷을 벗자 이빨이 더덕대며 마주쳤다. 어머니가 만들어준 속옷이었다. 어머니는 낮에는 목화밭을 일구고 밤에는 물레를 돌려 무명실을 자아냈다. 어머니의 베틀에서 나온 무명은 그의 월사금이 되기도 했고 그의 옷이 되기도 했다. 떠날 때 무명은 그의 속옷이 되었다. 어머니는 그가 떠날 때 속옷을 꼭 챙겨 입으라고 당부했다. 연해주는 겨울이면 추위가 혹독했다. 그런 추위 속의 광야를 헤매고 다니게 될지 모를 아들 생각에 어머니는 옷을 만들며 울고 울었다.

어머니는 그가 왜 그들에게 해준 것도 없는 나라를 위해 목숨을 바치겠다는 건지 이해하지 못했다. 아버지는 조선에서 관리들의 폭정에 삶의 터전을 빼앗기고 고향을 떠나 압록강을 건너 연해주로 왔다. 누구의 도움도 받지 못하고 갈대와 자갈만 무성했던 황무지를 맨손으로 일구고 논밭으로 바꾸었다. 아버지와 같은 이유로 조선을 떠나온 어머니를 만나 가정도 이루었다. 남에게 해 끼치지 말고 남의 일에 참견도 하지 않는 것이 아버지의 소신이었으며 제 식구 굶기지 않는 것이 삶의 목표였다. 아버지는 그렇게 살기 위해 밤낮없이 일을 했고 결국 과로로 죽었다.

그의 결심을 말했을 때 어머니는 애원했다. 그냥 살자, 우리끼리 이대로 살자. 우리에게 해준 것도 없는 조선인데 네가 왜. 그는 어머니에게 대답을 해줄 수 없었다. 그 답을 찾기 위해서라도 떠나야 했다.

어머니의 무명 속옷은 억세고 뻣뻣해서 길이 들 때까지는 곧잘 피부를 쓸었다. 하지만 빨래를 할 때 외에는 여름이든 겨울이든 몸에서 떼놓은 적이 없었다. 지금은 원래 색이 무엇이었는지 알 수 없을 만큼 낡고 더러웠다. 다급한 와중에도 상처에 동여매도 될까 잠시 망설였을 정도였다.

사할린 의용대로 소속되었던 그의 부대는 공격당하기 얼마 전 알렉세예프스크에서 얼마 떨어지지 않은 수라셰프카의 제야강 옆으로 옮겨 주둔하고 있었다. 강이 지척에 있었지만 극도의 긴장된 상황이라 옷을 빨 만한 틈은 없었다.

마음 편하게 옷을 빨아본 것은 북으로 올라오던 행군 중 개울이 있는 곳에서 야영했을 때였다. 지휘관들과 물자 수송을 맡은 몇몇만 말을 타고 부대원은 도보로 행군했다. 만주에서는 그들 모두 말을 타고 광야를 누볐지만 북으로 향하는 긴 행군에는 말먹이 조달 문제 때문에 최소의 말만 이용할 수밖에 없었다. 몸을 씻을 수 있는 물을 보았을 때 더께 앉은 동지들은 얼굴이 환해졌다.

일본군만이 아니라 마적 떼의 공격도 잦은 곳이라 보초를 세우고 교대로 목욕했다. 입고 있던 옷까지 모두 빨았다. 비누나 양잿물 같은 건 없었다. 물과 손아귀 힘으로만 빨았지만 아무리 헹궈도 땟국이 줄줄 흘렀다. 땟국보다 더한 것은 이였다. 얼마나 많은 이들이 그들과 함께 살고 있었던가. 매일 밤마다 잠을 자지 못하고 피가 나도록 북북 긁게 만들던 이들이었다. 개울 위에는 깨를 뿌린 듯 이들이 떠서 천천히 흘러내려갔다. 탈탈 물기를 털어 힘주어 짜서 다시 입었다. 봄이었지만 밤이 되면 살얼음이 낄 만큼 추운 만주 지방이었다. 덜 마른 옷을 입고 벌벌 떨며 잠자리에 들었지만 개운했었다.

먹을 것 입을 것, 잠자리까지 모든 게 부족했던 행군이었다. 불안하지는 않았다. 빼앗긴 나라를 되찾는다는 하나의 일념으로 일어선 만주 지역의 독립군들이 힘을 합치기 위해 한자리에 모이는 길이었기 때문이었다. 그는 대승을 거둔 청산리전투에 직접 참전도 했다. 봉오동전투의 대승 소식도 들었다. 그의 옆에는 생사고락

을 같이했던, 그리고 앞으로도 같이할 거라고 생각했던 동지들도
있었다.

속옷은 워낙 낡아 조금만 힘을 주자 금방 찢겼다. 붕대로 쓸 만
큼 길게 찢었다. 지혈이 될 만큼 매려 힘을 주니 팔에 힘이 들어가
지 않아 손이 벌벌 떨렸다. 다행히 뼈는 다치지는 않은 듯했다. 간
신히 다리를 매고 나니 기운을 너무 쓴 탓에 눈앞이 노래졌다. 숲이
빙글빙글 돌았다. 안 돼, 정신 차려. 정신을 잃어버리면 안 돼. 그는
스스로에게 소리쳤다. 벗어두었던 겉옷을 얼른 다시 입었다. 군복
은 새것은 아니지만 비교적 상태가 좋은 편이었다. 그에게는 컸고
겨울용이었다. 초여름으로 접어들면서 더위를 느낄 때도 있었지만
체온 보존이 절대적으로 필요한 현 상황에서는 참으로 다행스러운
일이었다.

하늘은 검보랏빛이었지만 주위는 희뿌윰하게 밝았다. 눈앞은 수
시로 아득해졌다. 그는 정신을 붙들기 위해 무오독립선언서를 외
워보려고 애를 썼다. 선언서는 뒤죽박죽 떠오르거나 막히거나 했
다.

사망자 확인이나 살아 있는 자들 생포를 위해 러시아 적군들이
수색에 나설지 모른다. 이곳을 빨리 떠나야 했다. 다친 다리를 대신
해줄 지팡이가 필요했다. 그는 적당한 나뭇가지를 찾기 위해 주변
을 기었다. 조급한 마음을 몸은 따라주지를 못했다. 움직임이 한없
이 더뎠다. 바닥에 떨어진 나뭇가지들은 있었지만 너무 작거나 그

의 속옷만큼 삭아서 몸의 무게를 견뎌내줄 것 같지 않았다. 고개 들어 올려다본 나무에는 쓸 만한 가지들이 많았다. 그는 왼쪽 다리로 땅을 지탱하며 손으로 나무를 짚고 힘겹게 일어섰다. 어지러웠다. 눈앞이 빙글빙글 돌았다. 간신히 적당한 가지를 잡았다. 부러뜨리기 위해 힘을 주었다. 그 순간 좀처럼 올 줄 모르던 어둠이 갑자기 그를 덮쳤다. 그는 어둠 속으로 내동댕이쳐졌다.

나를 따라가겠느냐!

서운했다. 김좌진 장군을 따라 청산리를 헤매고, 날아다니는 총알 앞에 자신을 내놓을 동안 그런 질문은 한 번도 들은 적 없었다. 물을 필요가 없었기 때문이었다.

말을 탄 채 우뚝 서 있는 장군의 모습은 산처럼 거대했다. 장군이 다시 말했다. 어찌하겠느냐!

그는 입을 열었다. 그러나 입은 벙긋대기만 했고 소리가 되어 나오지 않았다. 장군이 돌아섰다. 뒤쫓아가야 한다! 다급해진 그는 몸을 일으켰다. 움직여지지가 않았다. 내려다보니 몸통 아래에 다리가 없었다. 고개 들어보니 김좌진 장군은 보이지 않고 따그닥 따그닥 장군을 태운 말의 발굽 소리만 그를 부르는 듯했다. 그는 신음을 했다. 으으…….

눈을 떴다. 그는 똑바로 누워 있었고 눈앞에는 바위가 막고 있었다. 둘러보니 그는 움푹 들어간 바위 안에 누워 있었다. 앞은 나무들로 가려져 있었다. 나무와 바위로 둘러싸여 한 사람 정도는 넉넉히 몸을 감출 만한 공간이었다. 머릿속에서 자그락자그락 자갈 굴러가는 소리가 들렸다. 자신이 왜 이곳에 있는지 알 수가 없었다. 오른쪽에서 빛이 들어오고 있었다. 그는 빛을 좇아 고개를 돌렸다. 죽죽 뻗은 나무와 비를 맞아 연초록빛이 더욱 선명한 우듬지의 나뭇잎들 사이로 파란 하늘이 보였다. 작은 새 한 마리가 가지에 앉아 노래를 했다. 배쫑배쫑. 그게 신호인 듯 여기저기서 새들이 날갯짓을 하며 날아올랐다.

감각을 느낄 수 없었다. 이미 죽은 게 아닌가 싶어 누운 채 손가락을 움직여보았다. 굳은 듯했지만 한참 애를 쓰니 뻣뻣하지만 움직여졌다. 발가락을 꼼지락대보았다. 그 순간 날카로운 통증에 그는 악, 비명을 질렀다. 통증은 그가 아직 현실에 존재하고 있음을 깨우쳐주었다. 몸 위에 옷이 덮여 있었다. 뻣뻣한 마직의 군데군데 떨어진 낡은 잿빛 상의, 독립군들이 많이 입고 있던 옷이었다. 북로군정서 소속은 아니었다. 북로군정서 소속 독립군들은 이곳으로 출병할 때 체코 군복과 체코군의 새 총을 지급받았다.* 김좌진 장군은 체코군으로부터 신무기를 구입하여 사관연성소 졸업생들을 무장시켰다. 그 무기가 어랑촌의 찬란한 승리를 이루어냈던 것이다.

그는 손을 땅에 짚고 상체를 받쳐 일으키려다가 통증에 흡, 다시 한번 숨을 들이켰다. 몸을 덮고 있던 옷이 바닥으로 떨어졌다. 두 팔의 힘으로 간신히 다리를 끌어냈다. 주물러주자 굳어 있는 왼쪽

* 이범석 장군의 회고록 『우등불』

다리는 움직일 수 있을 만큼 풀렸다. 왼쪽 다리의 힘으로 밀고 엉덩이를 끌어 가까이 있는 바위에 등을 기대어 앉았다. 바위는 일어나 앉으면 머리가 닿을 만큼 낮았다.

오른쪽 다리에 처매진 붕대는 벌겋게 물들어 있었지만 다행히 피는 멎은 것 같았다. 내다본 하늘이 밝아오고 있었다. 하루가 지난 거 같았다. 자작나무들이 빼꼭하게 서 있었다. 바람이 불 때면 나뭇잎들이 사그락대며 이야기라도 나누고 있는 것 같았다. 바깥에서 보면 그가 있는 곳은 나무에 가려 잘 보이지도 않을 것 같았다.

몸을 피하기는 더할 나위 없이 좋은 곳이지만 아무리 기억을 더듬어도 이곳으로 온 기억이 없었다. 그의 시선은 다시 떨어져 있는 옷으로 갔다. 낯익었다. 자유대 대원이 입고 있던 걸 본 기억과 피를 흘리며 죽어가던 동지의 모습이 겹쳐 떠올랐다.

자유대 대원들은 러시아 적군이 독립군들을 도와줄 거라고 했다. 그래서 여기까지 왔다. 러시아 적군이 그들을 향해 총구를 돌릴 거라고는 생각지도 못했다. 믿었기에 제대로 된 응전도 하지 못했다. 수많은 일본과의 전투에서도 끈질기게 살아남았던 동지들이 그의 눈앞에서 죽어갔다. 처절한 살육의 현장이 떠오르자 분노가 온몸을 태울 듯 활활 타올랐다.

손을 뻗어 옷을 집었다. 마음 같아선 갈기갈기 찢어버리고 싶었지만 그럴 기운이 없었다. 그는 옷을 멀리 던졌다. 그러나 옷은 멀리 가지 못하고 바위 굴 앞의 자작나무 앞에 툭 떨어졌다.

목구멍 속이 타올랐다. 두리번대던 눈에 작은 수통이 보였다. 그는 수통을 덥석 움켜잡았다. 출렁 물소리가 들렸다. 뚜껑을 열고 입에 대자마자 정신없이 마셨다. 수통이 비워지자 목구멍 속의 불길이 조금 잡힌 것 같았다. 갈증이 면해지자 이번에는 뱃속이 요동치기 시작했다. 미칠 듯한 허기가 그를 엄습했다. 점심 식사를 준비하던 중 공격을 받았으므로 아침에 러시아 흑빵 한 조각과 우유 한 컵을 먹은 후 지금까지 아무것도 먹지 못했다.

이따금 청설모가 찾아와 그를 갸웃이 내려보다 다시 나무를 타고 사라져갔다. 손에 잡히기만 하면 청설모라도 먹어치울 것 같았다. 그러나 청설모는 너무 빨랐다. 나무 막대기가 옆에 있었다. 지팡이로 쓰기 딱 맞춤했다.

내가 꺾었었나? 곰곰 생각해도 정신을 잃기 전 나뭇가지를 잡았던 것까지만 기억났다. 지팡이를 짚고 몸을 일으켰다. 걸음을 떼려다가 오른쪽 다리 통증으로 흡, 숨을 들이켰다. 그는 혹시 청설모가 떨어트린 열매라도 없나 둘러보았다. 먹을 수 있을 만한 것은 눈에 뜨이지 않았다.

강을 찾아가면 먹을 만한 것을 찾을 수 있을지 모른다. 전투와 추격과 도주가 있었지만 제야강 주변을 크게 벗어나진 못했을 것이다. 막상 굴 입구에서 서자 막막해졌다. 방향이 가늠되지 않았다.

두리번대던 눈에 나무 사이로 언뜻 사람의 모습이 보였다. 가슴이 철렁 떨어졌다. 러시아 적군인가? 그는 재빨리 바위굴로 들어가 바닥에 납작 엎드렸다. 나무 아래 던져져 있는 옷이 보였다. 아차, 싶었다. 흥분을 참지 못하고 자신의 위치를 노출시킨 것이다. 전투

중 감정을 억제하지 못하면 죽음과 직결될 수 있다. 늘 냉정을 유지해야 한다고 배웠지만 때는 늦었다. 남자는 곧장 옷을 향해오고 있었다.

무릎이 너덜너덜한 잿빛 낡은 바지가 먼저 보였고 이어 상의를 벗은 맨몸의 갈비뼈가 나타났다. 손에는 작은 보따리를 들고 있었다. 허리끈에는 단도 치고는 긴 칼이 꽂혀 있었다. 던져진 옷 앞에서 남자는 발을 멈추었다. 허리 숙여 옷을 집어 들고 대신 보따리를 내려놓았다. 그리고 망설임 없이 옷을 팔에 꿰었다. 남자가 옷을 입는 걸 보고 그는 몸을 일으켰다.

옷을 입은 남자는 다시 보따리를 들고 바위 굴 쪽으로 걸어왔다. 그는 꼿꼿이 앉아 다가오는 남자를 노려보았다.

남자는 그의 앞에 보따리를 던져주었다. 툭, 눈앞에 떨어지는 보따리에 눈길도 주지 않고 그는 남자를 노려보았다. 남자는 그의 날선 시선을 무시한 채 돌아섰다. 멀어지는 남자의 바지 옆 주머니가 불룩했다. 남자의 일거수일투족에 박은 그의 눈과 달리 그의 코는 보따리 속의 것을 눈치채고 그의 뱃속에게 이르고 있었다.

뱃속에서 꾸르륵, 아우성을 내질렀다. 눈앞이 어질어질했다. 그의 손이 후들대며 보자기를 풀었다. 흑빵이었다. 이곳에 온 후 끼니마다 나오던 것이었다. 먹어선 안 된다는 목소리가 조그마하게 들렸지만 어느새 흑빵은 그의 입안으로 들어가고 있었다. 목이 메었다. 아까 다 비웠던 수통이 보이지 않았다.

잠시 후 동굴 앞에 남자가 다시 나타나 수통을 내밀었다. 그는 낚아채듯 수통을 받았다. 수통은 물기로 젖어 있었고 처음처럼 묵직했다. 그는 벌컥벌컥 소리 나게 마셨다. 남자는 굴 밖에 그에게 등을 보이고 털썩 앉았다.

갈증과 허기가 어느 정도 해결되자 분노가 다시 그 자리를 채우기 시작했다. 무심코 손이 등으로 올라갔지만 총은 그 자리에 없었다. 총알이 떨어지자 달아나며 버렸던 것이 생각났다. 참담했다. 목숨보다 소중한 총을 버리다니!

그는 멍하니 앉은 남자의 등을 노려보며 이를 갈듯 말했다.

─우리 동지들은?

─…….

─모두 죽었어?

─…….

─네놈들이 모두 죽인 거야?

─…….

그는 엉덩이를 끌어 바위굴 밖으로 나갔다. 남자는 그가 옆으로 다가와도 돌아보지 않았다. 광대뼈 나온 얼굴에 낮은 콧대, 찢어진 눈매. 강한 인상이었지만 고려인 마을에서라면 어디서나 볼 수 있는 평범한 얼굴이었다. 그는 남자의 멱살을 잡아당겼다. 바로 눈앞에 남자의 얼굴이 있었다.

─왜 로스께의 개가 되었지?

─러시아의 힘을 빌리려 한 거야. 나라가 없는 우리에겐 볼셰비키의 도움이 절대적으로 필요하니까.

남자는 자신의 멱살을 잡고 있는 그의 손을 별로 힘들이지 않고 뜯어냈다.

―그래서 우리 동지들을 학살한 거야?

남자의 눈썹이 고통스레 꿈틀대었다.

―러시아가 그렇게 나올 줄은 몰랐어. 우리는 일제로부터의 내 조국을 되찾는 그거 하나만 생각했을 뿐이야.

청산리전투와 봉오동전투에서 참패한 후 조선독립군에게 위협을 느낀 일본은 대대적인 독립군 소탕작전을 벌였다. 독립군만이 아니라 민간인 학살도 서슴지 않았다. 독립군들은 본격적인 일본군과의 전투에 대비하여 일원화된 지휘 체계의 필요성을 절감하게 되었다. 10여 개의 독립군 부대들은 일본군 공격을 피해 북으로 이동을 하여 중―러 국경지대인 '밀산'에 집결하였다. 각 부대 지휘부가 머리를 맞댄 끝에 마침내 통합된 독립군 부대가 창설되었다. 서일을 총재로, 김좌진, 홍범도 장군 등이 부총재로 구성된 '대한독립군단'이었다.

당시 러시아는 레닌이 이끄는 볼셰비키 혁명의 성공이 거의 막바지에 달하고 있었다. 볼셰비키로 구성된 적군과 멘셰비키와 제정러시아군인 차르의 군대가 주를 이루는 백군과의 사활을 건 전투가 치열했다. 적군은 독립군들의 힘을 필요로 했고 독립군들은 러시아의 힘이 필요했으므로 독립군들은 적군을 도와 백군과 싸우기도 했다. 이후 제정러시아는 문을 닫고 볼셰비키 혁명은 승리하였다. 차르의 시대가 가고 볼셰비키의 시대가 온 것이다.

집권한 레닌은 1920년 7월 코민테른 제2회 대회에서 '우리 체제에서 가장 중요하고도 기본적인 사고방식은 피억압 민족과 억압 민족 사이의 구별'이라면서 식민지 민족의 민족해방 운동에 대한 적극적 지원까지 약속했다. 러시아 측의 후원을 받기 위해 대한독립군단은 러시아의 알렉세예프스크로 이동하기로 했다.

김좌진 장군은 러시아 힘에 지나치게 의존하는 것을 반대했다. 또한 독립군 본부가 조선과는 먼 북쪽에 있게 되면 독립을 위한 실제적인 전투를 하기 어렵다고 주장했다.

반면에 서일 총재는 독립군들만의 힘으로는 일본군을 상대하기 역부족인 상황에 러시아가 내미는 손을 잡는 것이 현재로서는 최선의 방법이라고 판단했다. 그러나 모든 독립군들이 다 러시아로 들어가게 되면 만주가 비게 된다는 김좌진 장군의 뜻도 존중해주었다. 그래서 부대를 나누어 서일 총재는 대한독립군단과 북로군정서 주력부대와 홍범도 장군 부대와 함께 함께 러시아로, 김좌진 장군은 소수의 군사들만 데리고 만주로 돌아가게 되었다. 그는 말을 타고 떠나는 김좌진 장군의 뒷모습을 지켜볼 수밖에 없었다.

그런데 알렉세예프스크에 모든 독립군들이 다 집결하면서 문제가 벌어졌다. 이르쿠츠파 공산주의자인 자유대대와 상하이파 공산주의자인 사할린 의용대 간에 의견 다툼이 일어난 것이다. 사할린 의용대는 러시아 빨치산과 함께 일본군을 크게 격파한 한인 부대였고 자유대대는 러시아 극동공화국 인민혁명군 제2군단에 편입된 러시아 귀화인이 주축이 된 부대였다.

독립군들을 수중에 장악하려는 러시아의 속내까지 더해지면서 두 공산계열 독립군들 간의 대립은 극단적으로 치닫게 되었다. 러시아는 독립군들에게 무장해제를 요구하였다. 자유대대는 러시아의 힘을 빌리려면 일단 그들의 요구를 수용해야 한다고 했지만 사할린 의용대와 일부 대한독립군단은 무장해제를 거부하였다.

그렇다 하더라도 러시아 적군이 독립군들을 상대로 그렇게 무참한 살육을 감행할 거라고는 어떻게 생각할 수 있었겠는가.

자유대대의 남자가 준 물과 빵을 게걸스럽게 먹었던 것이 치욕스러웠다. 그는 지팡이를 짚고 몸을 일으키려다가 멈칫했다. 이 지팡이 또한 남자가 마련해준 것이 틀림없었다. 그는 지팡이를 던져버렸다. 남자는 내동댕이쳐지는 지팡이를 덤덤하게 보았다.

옆에 있는 자작나무를 짚고 일어섰다. 오른쪽 다리가 찌르는 듯했지만 통증은 많이 약해져서 걸을 수 있을 것 같았다. 지팡이로 쓸 만한 나무부터 찾아야 했다. 주위의 자작나무들을 둘러보았다. 그때 바로 옆에 서 있는 자작나무에 그의 머리 정도 높이에 매달린 차가버섯이 눈에 뜨였다.

버섯은 자작나무가 빨아올린 영양분을 빼앗으며 튼실하고 탐스럽게 커나가고 있었다. 보이지는 않지만 자작나무는 자신을 지키기 위해 치열한 싸움을 하고 있었다. 그 싸움에서 지는 순간 자작나무는 생명을 잃고 마른나무 등걸로 남게 될 것이다. 일본으로부터의 해방을 위해 러시아의 도움을 받으려 했던 그들의 모습을 보는 거 같았다.

맹렬한 적개심이 불타올랐다. 그는 왼손으로 나무를 끌어안고 오른손을 뻗쳤다. 버섯이 손에 닿았다. 버섯을 움켜잡고 힘껏 당겼다. 꿈쩍도 하지 않았다. 버섯은 단단하게 뿌리내려 자작나무 속으로 깊이 파고들어 있었다. 버섯 대신 그가 떼어낸 것은 나무의 하얀 표피였다. 버섯 따위에게까지 졌다는 분노가 그를 흥분시켰다.

그는 몸을 나무에 기대고 두 손으로 버섯을 움켜잡고 힘을 다했다. 손이 긁혀 피가 맺혔지만 버섯은 여전히 꿈쩍하지 않았다.

─무작정 힘만 쓴다고 되나.

남자가 칼을 내밀었다. 30센티는 넘을 것 같은 무쇠 칼은 검고 투박했지만 날이 서 있었다. 그는 남자의 눈을 똑바로 쳐다보며 칼을 받았다. 그가 칼을 잡자 남자의 목이 바로 칼 끝 앞에 있었다. 남자는 그의 시선도 자신의 목도 피하지 않았다.

그는 칼로 버섯을 쳐내기 시작했다. 한쪽 다리를 쓰지 못하니 체중을 받쳐주지 못하여 힘을 쓰기 어려웠다. 불편한 자세로 용을 쓰는 그를 남자는 두 팔로 무릎을 싸안은 채 멀찌감치 앉아 구경하고 있었다. 마침내 버섯이 떨어져 나왔다. 남자가 놀리듯 말했다.

─저 위에도 있어.

남자의 손가락이 가리키는 나무 위에는 단단히 나무를 잡고 있는 더 큰 차가버섯들이 있었다. 그 옆에도 작은 것이 매달려 있었다. 다리 힘이 풀렸다. 한쪽 다리로 지탱하던 몸이 균형을 잃어버렸다. 그는 비틀댔다. 나동그라지는 그를 남자는 보고 있었다. 부축해주어도 거부했겠지만 남자도 도와줄 생각이 없는 듯했다. 그가 간신히 자리를 잡고 앉자 남자가 몸을 일으켜 그가 던져버렸던 지팡이를 주워 왔다. 다리의 통증을 참고 있는 그의 옆에 지팡이를 놓아주면서 말했다.

ー내가 살던 곳에서는 차가버섯도 자작나무도 없었어. 대신 소나무가 지천이었지.

소나무라는 말에 그의 눈이 반짝 빛났다.

ー조선에서 왔나 보군.

남자가 고개를 끄덕였다. 그는 조선을 위해 목숨을 내놓았지만 조선에 가본 적은 없었다.

ー송기떡도 먹어봤겠군.

ー피똥 쌀 만큼.

남자가 대답했다.

봄이면 아버지는 가끔 소나무 껍질을 벗겨와 어머니에게 송기떡을 만들어달라곤 했다. 딱딱한 소나무 겉껍질을 벗겨내면 뽀얀 아기 속살 같은 속껍질이 나오는데 그것을 삶고 물에 씻어서 떫은맛을 없앤 다음 수수 가루, 옥수수 가루, 조 가루 등을 섞어서 떡을 만들어 먹었다. 아버지의 고향에서 소나무는 혹독한 보릿고개를 넘기게 해주던 가난한 농민들의 구황식량이었다. 넣을 곡물이 부족하여 소나무 껍질을 많이 섞어 만든 송기떡은 소화가 잘 안 되어 오랫동안 포만감을 유지하는 데는 좋았지만 그런 만큼 심한 변비도 동행하였다. 아버지는 송기떡을 먹고 똥을 못 눠 끙끙대다 항문이 찢겨져 피똥을 싼 적도 여러 번 있었다고 했다. 아버지에게 송기떡은 조국에 대한 그리움이었고 고향에 대한 향수였다. 그러나 연해주에서 그가 먹은 송기떡은 소나무 껍질로는 향기만 더하고 거의 곡물을 썼으므로 그런 일은 아버지의 입을 통해 들었을 뿐이었다.

남자는 불룩했던 바지 옆 주머니에서 작은 병을 꺼냈다. 보드카였다.

─다리를 소독해. 상처가 덧나면 골치 아프니.

보드카 뚜껑을 열자 남자가 말했다.

─아껴 써. 그것밖에 못 구했으니.

보드카를 다리에 부었다. 알코올이 붕대를 적시자 수많은 바늘이 한꺼번에 상처를 찌르는 듯했다. 신음이 새어 나올까 이를 물었다. 아낀다고 했지만 반이 비워졌다.

─걸을 수 있으면 빨리 여길 떠나. 내가 도와줄 수 있는 것은 여기까지이니.

─도와주었다고?

이를 사려 문 그의 입에서 으르렁 짖는 듯한 소리가 흘러나왔다.

─뻔뻔스럽군. 죽어간 동지들에게 그렇게 말해보지 그래.

남자가 괴로운 표정을 지었다.

통증이 지나간 후 그는 보드카를 웃옷 안주머니에 넣었고 바닥에 떨어져 있던 칼도 주워 오른쪽 옆구리에 찼다. 남자는 칼을 달라고 하지 않았다. 지팡이에 몸을 의지해서 일어섰다. 남자가 수통을 주워 내밀었다. 잠시 내려다보던 그는 수통을 받아 왼쪽 옆구리에 매달았다. 남자를 보았다. 남자도 그를 보았다. 남자가 먼저 입을 뗐다.

　─이름이 뭐냐.

　그가 대답했다.

　─고려인.

　─겨우 차가버섯 하나 떼어내는데도 그리도 힘든 고려인, 조국 해방의 순간은 볼 수 있기 바란다.

　─네 이름은?

　그가 물었다.

　─조선인.

　─남겨진 버섯은 조선인, 네 몫이야.

　그는 몸을 돌렸다. 광야를 향해 지팡이에 의지한 불편한 걸음을 뚜걱뚜걱 걷기 시작했다. 등 뒤에 시선이 느껴졌지만 그는 끝까지 돌아보지 않았다.

주　자유시 참변(흑하사변) : 1921년 6월 27일 러시아 알렉세예프스크(자유시)에서 러시아 적군이 대한독립군단 소속 독립군들을 공격하여 수많은 독립군들이 전사하거나 실종, 포로가 된 사건. 당시 독립군들이 모두 집결하여 있던 상태였으므로 이 사건을 계기로 청산리전투나 봉오동전투 등으로 한창 기세를 올리던 독립군 세력들이 사실상 궤멸되었다. 이 사건이 있은 지 두 달 후 서일은 자결을 하고 홍범도는 러시아에 의해 손발이 묶여 있다가 중앙아시아로 강제 이주 당했다.

태양을 품은 여인

태양을 품은 여인

'처커덕처커덕.'

베틀 앞다리 너머의 채머리 위 도투마리에서 붉은 명주실이 부지런히 풀려가고 있었다. 부티를 허리에 감싼 세오녀가 북을 잡고 앉을개에 앉아 있었다. 북이 날실들 사이로 들락날락거리는 속도는 금단이 눈으로 따라가기 어려울 만큼 빨랐다. 비단천이 쌓이는 만큼 도투마리에 감긴 실은 줄어들어갔다.

달빛을 받은 세오녀의 얼굴이 찔레꽃처럼 희었다. 엊그제가 보름이었다. 오늘처럼 밝은 달이 있으면 더욱 좋지만 초승달빛 아래에서도 세오녀는 비단을 짤 수 있었다. 비단을 짜는 것은 눈이 아니라 손, 손이 아니라 세오녀의 얼이었다. 댓개비로 만든 보디는 북이 지나가고 나면 재빨리 명주실을 낱낱이 꿰어 짰다. '처커덕처커덕.' 베틀신끈이 당겨질 때마다 용두머리가 울었다. 베틀방 밖에 서 있던 금단이 하아, 한숨을 내뱉었다.

'저 앉을개에 앉으시는 것도 오늘이 마지막이로구나.'

도투마리의 실이 모두 풀렸다. 들락대던 북도 움직임을 멈추었다. 세오녀가 부티를 풀고 앉을개에서 일어섰다. 베틀에서 비단 피륙을 빼내 바닥에 펼쳤다. 붉은 비단이 달빛을 받아 눈부셨다. 세오녀는 눈을 가까이 대고 꼼꼼하게 살펴보기 시작했다. 손바닥을 펼쳐 샅샅이 쓸어보기도 했다. 어둠 속에서도 세오녀는 비단의 작은 흠도 찾아낼 수 있었고 만져만 보아도 무엇이 잘못되었는지 알았다.

근기국에서 비단 천은 아무나 짤 수 있는 것이 아니었다. 궁 안의 허락받은 직녀들과 신전의 세오녀만이 그 자격을 가지고 있었다. 명주실은 갈포 재료인 칡넝쿨처럼 산야에 흔하지도 않고 모시나 삼처럼 쉽게 재배할 수도 없었기 때문이었다. 누에에서 얻기 때문에 누에를 키울 뽕나무를 심어야 했고 많은 노동력이 필요했다. 잠업은 나라가 직접 관리하는 산업이었다. 비단옷을 입을 수 있는 사람도 한정되어 있었다. 근기국 지도자였던 한기와 한기 친족들, 신녀인 세오녀뿐이었다. 세오녀도 비단옷을 늘 입지는 않았다. 제례가 있을 때 외에는 금단처럼 삼베나 갈포 옷을 입었는데 여름이면 모시, 겨울이면 짐승 가죽을 걸치기도 했다.

세오녀가 정성을 다해 짠 비단은 태양신에게 바치는 제물이기도 했다. 제단에 오른 한기(가야국 왕)나 백성들이 가져온 제물 그 아래에는 반드시 세오녀의 비단이 깔려 있었다. 제가 끝난 후 제물들이 굶주린 백성들의 배를 채워주는 대신 그것들을 싸안았던 비단은 불에 태워 태양신에게 올려 보냈다.

그러나 이제 근기국은 사라진 나라였다. 근기국을 병합한 사로국(신라)은 근기국보다 더 많은 사람들에게 비단옷이 허용되어 있었다. 이사금을 비롯한 6부족 촌장들과, 시종을 제외한 궁 안의 사람들은 모두 입을 수 있고 공이 많은 신하에게 이사금이 비단을 하사해주기도 한다고 했다.

세오녀의 입 근육이 부드러워졌다. 금단은 몰래 안도의 한숨을 내쉬었다. 비단에서 흠이 발견되지 않았구나……. 세오녀가 고개를 들어 금단을 향하자 금단은 조심스러운 걸음으로 베틀방으로 들어갔다. 펼쳐진 비단을 네 귀를 맞추어 차곡차곡 접었다. 세오녀가 앞장서 베틀방을 나가자 금단이 비단을 두 손으로 받쳐 들고 그 뒤를 따랐다.

세오녀의 처소에는 비단을 올려두는 단이 있었다. 금단은 그 단에 고이 비단을 올려두었다. 단 아래에는 붉은 비단 보자기로 싼 커다란 보따리가 놓여 있었다. 방 안에서 세오녀는 입고 있던 갈포옷을 벗고 금단이 준비해두었던 비단옷으로 갈아입고 있었다. 금단은 세오녀가 머리장식과 장신구까지 갖추도록 도와주었다. 정성을 다하는 세오녀를 보자 자칫 눈물이라도 쏟아질 것 같아 금단은 입술을 꽉 깨물었다. 비단 단 아래의 보따리에서 청동거울을 꺼냈다. 세오녀 아우이며 단야장인 연오가 만들어주었던 것이다. 뒷면은 물결무늬가 가장자리를 장식하고 바다 한중간에 커다랗게 태양이 떠 있었다. 청동거울을 쥐여주자 세오녀는 은색 비단옷에 머리카락 한 올 흐트러짐 없는 자신의 모습을 확인하였다.

"됐구나."

완벽한 제례 차림을 갖춘 세오녀는 몸을 돌려 처소를 나섰다. 청동거울을 다시 보따리 안에 넣고 보따리는 팔꿈치에 끼우고 비단을 두 손으로 받쳐 들고 금단은 세오녀의 뒤를 따랐다.

신궁 문 앞에는 수비군사가 땅바닥에 드러누워 있었다. 창은 벽에 세워놓고 드르렁드르렁 코 고는 소리가 평화로웠다. 세오녀가 베를 짤 동안 금단은 수비군사에게 술을 가져다주었다. 바다 건너 연오랑 단야장께서 그곳에서 왕이 되었다는 이야기도 해주었다. 그들은 기쁨으로 눈물을 흘리다 이내 깊은 잠 속으로 빠져들었다. 세오녀가 시키는 대로 잠 오는 약초를 넣은 술을 마신 그들 곁에 덩이쇠도 하나 두었다. 신전에 남은 마지막 덩이쇠였다. 그것이면 살아갈 수 있을 것이다.

신궁 문을 나서자 달빛이 발끝에서 부서져 데구루루 일월지로 흩어져갔다. 일월지에 잠긴 달이 신전으로 향하는 세오녀를 지켜보고 있었다. 길은 고운 흙으로 잘 다져져 있었다. 새해나 정월 대보름이 되면 찾아오는 한기의 행차들을 위해서였다. 가물거나 긴 비에도 찾아왔다. 나라에 우환이 있거나 전쟁을 앞두었을 때도 찾아왔다. 결혼 같은 한기의 개인적 바람이 있어도 찾아왔다. 사로국의 아달라 이사금은 아직 이 태양 신전을 찾아오지 않았다. 아달라 이사금은 나라의 큰일을 앞두면 서라벌 포석궁의 신전을 찾아 제사를 지낸다고 들었다.

근기국이 사로국에게 병합되고 많은 날들이 흘렀지만 겉으로 보이는 큰 변화는 없었다. 근기국 벼슬아치들 신분은 바뀌었겠지만 일반 백성들은 여전히 자기의 논밭에서 농사를 짓고 바다로 나가 고기를 잡았다. 달라진 것은 세금을 거두는 이가 근기국이 아니라 사로국 관리라는 것뿐이었다. 나날이 영토가 넓어지는 사로국은 합병당한 나라들의 반발을 최소화하기 위해 유화정책을 취하고 있었다. 그러나 제 나라를 지키지 못한 백성들은 그 대가를 치를 수밖에 없을 것이다.

신궁에는 이미 그 변화가 시작되어 있었다. 명주실이 더 이상 들어오지 않는 것이었다. 오늘 짠 비단이 마지막 남은 명주실이었다. 신궁 수비군의 녹봉도 끊어졌다. 그들은 떠나지 못했다. 갈 곳이 없었던 것이다. 세오녀가 신전 소유 논밭에서 나는 소출로 식량을 대주는 것으로 최소한의 생계를 유지하고 있었다. 신궁의 땅은 거두어가지 않았다. 사로국도 태양신의 분노는 두려워했다. 이 신전은 세상의 빛이며 만물을 키우는 태양신을 모시는 곳이었고 세오녀는 태양의 신녀였다.

세오녀의 발이 멈추었다. 신전 앞이었다. 신전은 바다가 내려다 보이는 절벽 위에 지어져서 멀리서 보면 하늘 한가운데 홀로 서 있는 듯했고 앞에 서면 바다가 한눈에 내려다보였다. 지붕을 받치고 있는 둥근 네 기둥 끝에는 구름무늬가 새겨졌고 지붕에 올라앉은 용은 금방이라도 하늘로 올라갈 듯 포효를 하고 있었다.

금단이 제단 위에 비단을 펼치고 뒤로 물러서자 세오녀가 제단

앞으로 나섰다. 한기까지 참석했을 때면 제단에는 제물로 그득하고 북이나 피리, 공후 같은 악기가 사람이 다하지 못하는 언어를 대신하여 신과의 소통을 도와주곤 했다. 오늘 제단의 비단 위에 올릴 것은 다른 어느 때보다 더 간절한 세오녀와 금단의 마음뿐이었다. 달이 등 뒤편으로 이울어가고 있었다. 악기 대신 간간이 철썩대는 파도 소리가 들려왔다. 세오녀의 오른손에 방울을 쥐어져 있었다. 세오녀는 방울을 흔들며 신에게 바치는 진언을 시작했다.

옴~ 마흐지다으고네……

진언은 해가 떠오를 때까지 계속되었다. 뒤에선 금단도 두 손 모으고 서서 호흡을 모아 몸과 마음을 비우려 애를 썼다. 하늘 동쪽이 서서히 붉어지기 시작했다. 이윽고 보석 같은 태양이 바다 위에서 찬란하게 얼굴을 내밀기 시작했다. 밝아지는 하늘은 피를 뿌린 듯 붉은색이었다. 정확하게 해가 뜨는 쪽을 향한 제단 안으로 태양이 가득히 차고 있었다. 사방 천지로 빛의 살을 내뿜으며 떠오르는 태양빛에 어둠은 한순간에 스러져갔다. 세오녀는 태양을 향해 두 팔을 활짝 펼쳤다. 오른손에 잡힌 방울이 와글와글 흔들렸다.

"태양의 신이시여, 굽어 살피소서. 가엾은 근기국 백성을 지켜주시고……."

신의 목소리는 태양을 맞는 짧은 순간 들을 수 있었다. 신의 음성을 듣기 위해 온몸의 기를 열었지만 오늘도 금단에게는 그 영광이 주어지지 않았다. 어룽대는 눈앞에서 하늘을 향해 두 팔을 뻗은 세오녀의 기도만 더욱 처절해 보였다.

"……바다 건너 새로운 길을 저희에게 열어주십시오."

신전 너머 하얀 거품을 일으키며 달려오는 파도가 보였다. 바다가 갑자기 거세지고 있었다. 바위에 부딪혀 부서지며 바다가 거센 소리를 냈다. 물기둥이 높이 치솟아 절벽을 친 포말이 신전까지 치고 올랐다. 세오녀의 옷이 바람에 날개처럼 펼쳐져 금방이라도 날아갈 것 같았다. 제단의 비단도 펄럭댔다. 그러나 비단은 붙은 듯 제단에서 떨어지지 않았다.

세오녀가 무릎을 꿇더니 땅에 엎디었다. 금단도 뒤따라 온몸을 낮추어 땅에 얼굴을 대었다. 금단은 뜨거운 기운이 그의 전신을 에워싸는 것이 느껴졌다. 귀가 웅웅대었다. 신이 답을 하고 있었다! 금단도 느낄 수 있었다. 세오녀가 피를 토하듯 소리쳤다.

"온전히 맡기겠습니다. 저희를 이끌어주십시오……."

연오의 떠남을 허락하였듯이 세오녀에게도 길을 열어주시는구나……. 참았던 눈물이 뜨겁게 뺨을 적시며 흘러내렸다.

연오는 근기국 최고의 쇠부리 단야장이었다. 근기국에서는 청동가마 야철장과 쇠부리가마(용광로) 야철장이 각각 하나씩 있었다. 구리에 주석을 섞어 만드는 청동은 만들기는 쉬웠지만 강도가 약했다. 그래서 무기보다 제기나 장신구로 주로 쓰였다. 재료인 구리도 구하기 어려워 청동 제품을 접할 수 있는 신분은 한정되어 있었다. 반면에 쇠를 만드는 철광석은 쉽게 구할 수가 있어서 사회 전반에 보급할 수 있었지만 그것이 녹을 온도만큼의 고온을 견뎌낼 만한 로를 만들기가 어려웠다. 쇠는 청동이 녹는 것보다 두 배 높은 온도가 필요했기 때문이었다. 로를 만든 뒤 일정한 고온을 유지하는 것은 더 어려웠다. 철광석에 숯을 넣고 쉬지 않고 풀무질을 하면 로 아래에 덩이쇠가 만들어지는 것이었다. 덩이쇠를 만드는 로는 제련 시마다 매번 새로 만들어야 했으므로 단야장의 능력이 결과에 큰 영향을 미쳤다. 연오가 단야장이 되면서 근기국의 쇠는 더욱 발전하였다.

로를 만들기 전 연오는 모든 정성을 다했다. 열흘 동안 목욕재계를 하고 해 뜨기 전 매일 신전에 나와 첫해를 맞이하여 태양의 신에게 제사도 지냈다. 철광석을 로에 넣을 때도 제를 올렸다. 로에 불이 붙으면 풀무꾼들은 두 손 모아 로를 돌며 경건한 마음으로 기도를 했다. 활활 불타는 로를 돌며 간절하게 빌면 신들이 그들의 소원을 들어준다 믿었기에 일반 백성들은 로돌이를 할 자격을 가진 풀무꾼들을 부러워했다. 작업이 시작되면 연오는 밥도 로 옆에서 먹었고 잠 한숨 자지 않고 지키며 풀무꾼들을 다그쳤다. 세오녀는 세오녀대로 덩이쇠를 무사히 거둘 때까지 신전에서 태양신에게 기도를 올렸다.

"태양만큼 뜨거운 불을 일으켜주십시오. 태양만큼 강한 쇠를 만들어주십시오."

세오녀는 근기국을 위해서, 그리고 연오를 위해서 온 정성과 마음을 다 바쳤다.

덩이쇠를 만들면 그것을 녹여 농기구나 칼이나 화살을 만들고 수출을 하기도 했다. 덩이쇠는 화폐의 구실도 했기 때문에 덩이쇠를 얼마나 보유하고 있는지 여부는 바로 그 나라의 군사력과 경제력의 척도가 되었다. 야철장에는 쇠부리가마만이 아니라 무질부리가마(주조로)도 갖추어져 있었는데 이것들은 근기국만이 아니라 다른 나라도 국가의 통제하에 있었다. 대장간이 늘어나면서 덩이쇠를 확보하기 위한 경쟁이 치열했다. 덩이쇠가 없으면 아무리 주문을 많아 받아도 농기구나 칼을 만들어 팔 수가 없었다. 근기국이 멸망당할 무렵에는 연오의 쇠부리가마에서 관리들이 가져간 덩이쇠들이 국고에 들어가지 않고 시중에서 웃돈 거래가 된다는 소문도 파다했다. 사로국에게 합병당할 무렵 근기국은 덩이쇠의 보유량이 거의 바닥이었다. 사로국은 철광석 광산부터 먼저 빼앗은 후 근기국을 압박해 왔던 것이다.

사로국에게 합병된 직후 쇠부리가마로 남은 철광석을 녹이고자 한 적이 있었다. 나라를 잃어버리기 전 계획이 되어 있었던 일이었다. 다른 때처럼 관에서도 나와 지켜보고 있었다. 근기국 관인이 아니라 사로국 관인이었다.

제를 올리는 세오녀를 보며 금단은 초조했다. 제를 주관해야 할 단야장 연오가 보이지 않았던 것이다. 신의 진노가 두려워 등에 진땀이 흘렀다. 하늘에 해가 뜨기 시작했다. 둥둥둥 북이 울렸다. 세오녀는 연오를 대신하여 빌고 있었다.

"순수하고 강한 쇠를 주옵소서. 가난한 백성들의 논밭을 일굴 쇠를 베풀어주옵소서."

이 나라를 지킬 강한 칼을 주옵소서,라는 기원은 하지 않았다.

둘러서 지켜보는 두두리들에게서는 숨소리 하나 들리지 않았다.

끝내 연오는 모습을 나타내지 않았고 세오녀도 신의 대답을 듣지 못했다. 결국 그날 로에 불이 붙이지 못했고 풀무꾼들은 로돌이를 하지 못했다. 연오는 밤늦게 신궁에 모습을 나타냈다. 세오녀는 베틀 앞에 앉아 태양신에게 바칠 비단을 짜고 있었다. 연오에게서 술 냄새가 물씬 풍겼다. 금단은 일어서 자리를 비켜주며 문 앞에 섰다.

"어이하여 제에 오지 않았습니까."

세오녀의 음성이 낮았다. 화를 억누르고 있었다.

"제를 왜 올린 것입니까?"

연오가 물음으로 대답을 대신했다.

"정녕 몰라서 묻는 것입니까? 덩이쇠 얻고자 하는 것 아닙니까!"

"덩이쇠를 왜 얻고자 하는 것입니까?"

근기국을 통틀어 가장 쇠를 사랑하는 사람이 저런 어기진 소리를 할 때 그 마음은 얼마나 괴로웠을까. 그러나 세오녀는 더욱 엄해졌다.

"연오랑은 단야장입니다. 쇠를 만들어내는 것은 단야장의 직분입니다."

"누구를 위해서요?"

"나라의 이름은 바뀌어도 백성은 바뀌지 않았습니다. 그들을 위해서입니다."

"떠날 것입니다."

연오는 이미 결심이 서 있었다.

"바다로 나가겠습니다. 바다 건너에는 넓은 세상이 있습니다. 새로운 세상을 열겠습니다."

세오녀가 몸을 일으켰다.

"비단을 챙겨라."

이 땅을 떠남을 고하고 신께 바치려던 것이 아니었던가? 금단은 갸웃했지만 묻지 않고 제단의 비단을 소중히 접었다.

태양은 이제 하늘 높이 올라가 있었다. 바다는 검푸른 색으로 반짝이고 있었다. 이따금 철썩댈 뿐 언제 포악을 부렸냐는 듯 파도도 잠잠해졌다. 제례가 끝나면 으레 옷을 갈아입었다. 그러나 금단이 보따리 안에서 챙겨 온 갈포옷을 꺼내려 하자 세오녀가 갈아입지 않겠다고 손을 저었다. 재단을 덮었던 비단은 다른 보자기로 따로 싸서 보따리 안에 넣었다. 동경과 제례용 방울도 넣었다. 금단은 그 보따리 안에 명주 수실과 바늘쌈, 둥근 수틀이 들어 있는 것을 보았다.

신전을 돌아 바다로 내려가는 쪽으로 향했다. 금단이 보따리를 안고 뒤따랐다. 제례 의식을 모두 갖춘 차림은 걷기에 불편해 보였다. 바닷가에는 배가 한 척 기다리고 있었다. 통나무 배였다. 뱃전 위에는 배가 양쪽으로 벌어지거나 오그라드는 것을 막는 멍에가 여러 개 있었고 놋좆이 일곱 개 설치되어 있었다. 배의 양쪽에 일곱 개씩 총 열네 개 정도의 노가 걸려 있었다. 한가운데 멍에에 돛대가 있었는데 돛은 내려져 있었다. 배에서 앉아 기다리고 있던 남자들이 세오녀와 금단을 보고 얼른 배 밖으로 나와 머리를 조아렸다. 노의 수와 같은 열네 명이었다.

"송구하옵니다. 신녀님을 모시기에 부족한 배라 염려되옵니다."

연오가 바다를 건너갈 때 탔던 배라고 했다. 이러한 배가 세 척, 도합 50여 명이 떠났다.

"바람만 제대로 불어주면 사흘, 해류만 의지해 가도 일주일 안에 도착할 것입니다."

남자는 부루였다. 연오와 함께 떠났던 50여 명 중 한 명이었다. 어부였던 그는 오래전 바다 건너의 땅을 가본 적 있었다. 바다가 그곳을 안내하였다고 했다. 그는 바다를 아는 자만이 세상을 지배할 수 있다고 연오에게 간절히 충언했다.

"세상은 넓고 크옵니다. 바다로 눈을 돌려보면 많은 것을 가능케 해줄 것입니다. 멀리 무한히 넓은 세상도 있지만 가까운 곳에도 새로운 땅이 있습니다. 태양신도 모르고 철기도 모르는 곳입니다."

평생을 바다에서 살았던 부루는 연오를 안내하여 바다로 나갔고 5일 전 다시 돌아와 바다 건너에서 연오가 새로운 나라를 열었다고 소식을 전했다. 그리고 세오녀가 꼭 필요하다고 하였다.

"빛이 필요합니다. 태양이 필요합니다. 신전은 마련되었습니다. 일월지의 태양 신전을 마주 바라보는 곳입니다. 태양 신녀님! 부디 태양신을 모실 영광을 베풀어주시옵소서. 왕과 백성들의 간절한 소망을 받아 주시옵소서."

세오녀의 발아래 무릎을 꿇고 조아린 부루는 허락이 떨어지지 않으면 영원히 일어서지 않을 듯했다.

부루가 전하는 바에 따르면 연오 일행의 배는 부루의 안내로 새 세상을 찾기 위해 영일만을 떠나 바다로 나갔다. 해류를 타자 배는 오래 걸리지 않고 새로운 땅에 안내해주었다. 무사히 해안에 발을 디디자 해안가에 낯선 무리들이 있다는 말을 들은 부족장이 장정들을 이끌고 나왔다. 그들의 손에는 돌도끼와 돌창들이 들려 있었다.

연오는 공손히 인사를 하며 아무런 적의가 없음을 보여주었다. 그들은 바다 건너에서 온 낯선 이들에게 경계심을 쉽사리 풀지 않았다. 무장을 한 채 마을을 지키며 연오 일행의 접근을 막았다. 자극하지 않기 위해 당분간 마을로 들어가지 않고 바닷가에서 머물기로 했다.

그러나 연오는 그냥 있지 않았다. 홀로 슬그머니 마을로 숨어들어갔다. 두 가지 이유가 있었다. 첫째는 그들 속으로 들어가려면 그들에 대해 알아야 했기 때문이었다. 그들의 문화, 사고방식, 체제를 이해해야 했다. 연오에게는 두 번째 이유가 더 중요했다. 그것은 로를 만들 수 있을 만한 흙과 장소를 찾는 일이었다. 연오는 떠나올 때 사로국 관인들 모르게 남아 있던 덩이쇠들을 빼돌려 가지고 왔다. 새로운 땅에서 연오는 쇠부리가마를 열 생각이었다. 쇠를 가진 자만이 세상을 지배할 수 있었다. 좋은 흙과 숯으로 만들 나무를 쉽게 구할 곳이라야 했다. 샅샅이 돌아다녀보았지만 마땅한 장소는 찾을 수가 없었다. 철광석도 발견할 수 있었으면 하는 마음도 한편에 있었지만 한꺼번에 너무 많은 것을 바라는 건 지나친 욕심이었다.

그러던 중 연오는 마을에서 중요한 정보를 들었다. 즉시 부족장의 집을 찾아가 만남을 청했다. 출입을 감시하고 있었음에도 연오가 유유히 자신의 집까지 찾아온 데에 부족장은 처음에는 당황해했다.

"놀라지 마십시오. 우리가 나쁜 생각을 했었다면 오늘처럼 언제든 마을을 들어올 수 있었습니다. 마음을 얻고 싶었기에 바닷가에 머물며 기다리고 있었던 것입니다. 나는 홀로 마을에 자주 들어오긴 했지만 그 또한 같은 이유였습니다. 그러다 마을의 우환거리에 대한 이야기를 들었고 내가 도움이 될 수 있을듯하여 찾아뵌 것입니다."

경계하던 부족장의 얼굴이 한결 누그러졌다.

"좋소. 무슨 말인지 어디 들어나 봅시다. 안으로 들어오시오."

부족장은 안으로 들어서는 연오의 등 뒤에 메어진 칼에 시선을 보냈다.

"등 뒤의 그것은 혹시 칼이 아니오?"

"그렇습니다."

부족장의 눈이 휘둥그레졌다.

"칼을 가지고 있단 말이오? 보여줄 수 있겠소?"

연오는 칼집째 풀어 부족장 앞에 내놓았다. 칼집의 장식을 요모조모 들여다보는 부족장 앞에 연오랑은 칼을 뽑아 보여주었다. 칼은 싸늘하게 빛을 내었다. 부족장이 조심스레 칼날에 손을 댔는데 베여 피가 비쳤다. 부족장은 놀라 손가락을 얼른 뗐다.

"조심하셔야 합니다. 매우 날카롭습니다."

"놀랍구려. 살짝 스치기만 했는데도 베이다니. 칼을 이렇게 가까이 보기는 처음이오. 도대체 이것은 무엇으로 만든 거요? 어떻게 이토록 얇고 날카롭게 만들 수가 있소? 돌은 아무리 갈아도 이렇게까지 얇고 그러면서 길게 만들 수 없는데."

"쇠라는 것입니다. 그것은 돌처럼 부서지지도 않고 청동처럼 여리지도 않습니다. 그리고 뱀 같은 것은 단숨에 몇 토막이든 낼 수 있습니다."

뱀이라는 말에 부족장이 고개를 번쩍 들었다.

"내가 들은 바로는 머지않은 곳에 뱀을 모시는 신전이 있는데 해마다 그곳에 소녀를 제물로 바친다고 했습니다. 그들의 행패가 자심하다며 사람들은 공포에 질려 있었습니다. 내가 옳게 들은 것입니까?"

"맞소."

부족장이 신음하듯 대답했다.

"왜 그런 일을 견뎌내고 있는 것입니까?"

"그들이 너무 강해서요. 신전은 거대한 성으로 이루어졌고 뱀의 도움을 받는 제사장은 신출귀몰하여 당해낼 수가 없었소. 우리는 많은 희생 끝에 항복할 수밖에 없었고 그 표시로 소녀와 재물과 노동력을 바치고 평화를 보장받고 있는 거요. 그리고……."

부족장은 칼을 내려다보았다.

"그들도 칼을 가지고 있소."

"그래서 해마다 소녀들을 뱀의 제물로 목숨을 잃게 하고 수시로 여인들과 남자들을 노예로 바친단 말입니까?"

부족장은 연오를 쏘듯 보더니 안을 향해 소리쳤다.

"애야, 이리 좀 나오너라."

잠시 후 한 소녀가 안에서 모습을 나타냈다. 15, 16세 정도로 보이는 소녀였다. 얼굴에 짙은 그늘이 드리워져 있었다. 부족장의 얼굴이 괴로운 듯 일그러졌다.

"내 딸이오. 내 유일한 혈육이지. 그리고…… 올해 제물로 바쳐질 아이이고."

고개 숙인 소녀의 눈에서 눈물이 툭 떨어져 내렸다. 연오는 분노를 느꼈다.

"어이해서 이리도 쉽게 체념하고 받아들이는 것입니까! 왜 저항을 하지 않는 것입니까?"

"할 수만 있다면 내 목숨을 걸고라도 저항하겠소. 심정대로라면 그들을 죽이고 나도 죽고 싶소. 그러나 나의 섣부른 만용이 곧 마을의 재앙이 될 것을 아니까 피눈물만 삼키는 거요. 그렇게 할 수밖에 없는 가슴이 얼마나 찢어지는지 그대는 짐작도 하지 못할 거요."

"내가 도와드리겠습니다."

"어떻게 도와주겠다는 거요? 그들을 물리칠 수 있다는 거요?"

"칼을 믿고 쇠를 믿으시면 됩니다. 나는 쇠를 만들고 칼을 내 몸의 일부처럼 다룰 수 있습니다. 나만이 아닙니다. 해안가에 머물고 있는 우리 일행들도 모두 칼을 가지고 있고 그들 또한 칼이 마치 자신의 몸의 일부와 같습니다. 모두 뛰어난 두두리이며 무사들입니다. 많은 훈련과 전쟁도 치렀습니다. 내가 온 땅에서는 무사라면 누구나 자기의 칼을 가지고 있었습니다. 우리는 아무것도 두려워하지 않습니다. 조상의 땅을 떠나 새로운 땅을 찾아올 때 두려움 따윈 모두 버렸습니다. 누구와 싸운다고 해도 지는 일은 없을 것입니다."

부족장의 얼굴에 희망의 빛이 떠오르기 시작했다. 그는 덥석 연오의 손을 잡았다.

"도와주시오. 제발 부탁드리겠소. 당신들의 그 칼로 제사장의 목을 쳐주시오. 제사장은 절대적 권력을 가지고 있으므로 그가 죽고 나면 다른 졸개들은 구심점을 잃고 우왕좌왕 흩어질 것이오."

뒤에서 조용히 귀를 기울이고 있던 금단은 홀로 미소를 지었다. 당연히 그 제사장은 연오와 상대가 되지 않았을 것이다. 평생 쇠를 만지고, 최고의 검을 만들고, 그 검으로 몸을 단련해왔으니. 누가 그를 막을 수 있을까.

금단의 예상대로였다. 그동안 뱀에게 제물로 바쳐졌던 소녀들은 목숨을 잃었지만 그들의 성노리개로 지옥 같은 삶을 이어가던 소녀들은 구해낼 수 있었다. 그곳에는 여러 부족에서 사람들이 끌려와 있었다. 연오는 그들을 모두 풀어주었다. 그런 후 부족장의 부탁으로 부족장 딸과 결혼하여 차기 부족장이 되었고 이어서 다른 부족들의 추대를 받아 왕위에 오른 것이다.

왕위에 오른 연오는 본격적으로 로를 지을 수 있는 곳을 찾았다. 그러다 뱀의 신전이 가장 적합하다는 것을 발견했다. 외부의 공격으로부터 보호하기에도 좋았고 좋은 흙은 물론 다른 곳과 달리 나무도 많았다. 연오는 뱀의 신전을 허물고 그 자리에 쇠부리가마를 만들었다. 긴 이야기를 마친 부루는 세오녀의 발밑에 엎드려 간곡하게 청했다.

"그 땅에서는 최초로 생겨난 로였습니다. 뱀 족들은 어쩌다 칼을 얻었지만 만드는 기술은 가지지 못했습니다. 새로운 땅에서 처음으로 여는 가마이므로 태양의 신의 허락을 받지 못하고는 감히 불을 붙일 수 없었습니다. 그래서 신녀님을 모시고자 간청드리는 것입니다. 신녀님이 태양신께 고하여 주시고 허락을 받으면 로에 불이 붙일 것이옵니다. 왕께서는 처음 나온 쇳물로는 칼을 만들 것이라 하였습니다. 그 첫 칼은 신녀님과 태양신께 바칠 것이고 후세인들은 역사를 시작한 태양신을 숭배하게 될 것입니다."

세오녀는 한참을 침묵하다 입을 열었다.

"신께 고해보겠다."

"허락을 받으실 때까지 기다리겠습니다."

부루가 머무는 동안 세오녀는 밤낮을 신전에 있었다. 기도 중일 때는 절대 말을 붙여서도 불러서도 안 된다는 것을 금단은 알고 있었다. 세오녀가 신전을 지키는 동안 금단은 신전 밖에서 세오녀를 지켰다. 부루와 일행들은 그동안 어딘가 분주하게 다니다 저녁이면 찾아왔다.

"나오셨느냐?"

금단은 고개를 저었다.

"저러다 몸을 해하시기라도 하면 어떡하느냐?"

"기도 중에는 몸만 여기에 있을 뿐 얼은 신의 곁에 가 계십니다. 돌아오실 때까지 저희가 해드릴 수 있는 것은 없습니다. 하온데 부루랑은 어디를 다녀오시는 것입니까?

"왕께서 나를 한반도로 보내면서 시킨 또 다른 심부름을 하고 있다."

"그것이 무엇이옵니까?"

"씨앗과 나무 종자들을 구해오는 것이다. 초목 우거진 우리의 산천과 달리 바다 건너의 땅은 참으로 척박하다. 바다 바람은 거센데 나무가 없어 바람도 막지 못하여 사람들이 고통을 겪고 있다. 로에 불이 붙기 시작하면 많은 숯이 필요할 것이다. 그러기에는 나무가 너무 적다. 농사를 지을 씨앗들도 가져갈 것이다."

"사람만이 아니라 풀과 나무까지. 그곳에서 모든 것이 새로 시작되는 것이군요."

"그래서 더욱 태양신을 모셔가야 하지 않겠느냐. 태양신까지 모시게 된다면 모든 것이 완성되는 것이니까."

마침내 신전 문이 열렸다. 세오녀의 눈은 꿈속처럼 몽롱했고 얼굴에는 빛이 났다. 금단은 얼른 달려가 부축했다.

"답을 얻으셨습니까?"

세오녀는 고개를 끄덕였다.

"갈 것이다."

신전이 점점 작아져갔다. 신전을 휘감은 용이 떠나가는 그들을 배웅이라도 하듯 내려다보고 있었다. 배가 모퉁이를 돌자 마침내 신전은 마침내 보이지 않았다.

"슬프옵니다."

금단이 물코 훌쩍대며 코맹맹이 소리로 말했다.

"언젠가 돌아오겠지요……."

"그런 일은 없을 것이다."

세오녀의 대답은 단호했다. 검푸른 파도가 넘실댔다. 노꾼들이 노를 저어 바다를 가를 때마다 하얀 포말이 일어났다. 세오녀는 선실로 향했다. 나무로 기둥을 세운 선실은 거적으로 사방을 막아 햇볕과 비만 피할 정도였다. 그곳에는 세오녀와 금단만이 거처하였다. 노꾼들은 노를 하나씩 맡아 열심히 젓다가 번갈아 가며 밥을 먹고 잠을 잤다.

선실에 들어간 세오녀는 보따리에서 비단을 꺼내 수틀에 끼워 수를 놓기 시작하였다. 수틀은 크고 둥글었다. 명주실은 매끄러워 흐트러지기 쉬웠다. 금단이 옆에서 수를 놓기 좋게 수실을 풀어주었다. 검은 실과 흰 실뿐이었다. 밖에서 소리가 들렸다. 어두워지자 금단은 달빛이 들어올 수 있게 배 뒤쪽의 거적을 올렸다. 어두워도 배가 흔들려도 세오녀의 바느질은 흔들림이 없었다.

"소인 부루입니다. 주무시지 않으시면 잠시 들어가도 되겠습니까?"

"들어오너라."

배 앞쪽의 거적을 젖히며 부루가 들어와도 수를 놓고 있던 세오
녀는 고개를 들지 않았다. 양쪽의 거적이 열리자 바람이 따라 들어
왔다. 초여름이라 해도 밤의 바다 바람은 차가웠다.

"불편하신 것은 없사옵니까?"

"노를 젓는 이들이 고생하지 내가 불편할 것이 뭐가 있겠는가."

"생각보다 일찍 도착할 거 같다는 말씀 전하러 왔습니다. 신녀님
을 모셔서인지 바람이 잘 불고 있습니다. 노꾼들도 노를 젓기가 힘
들지 않다 하옵니다. 바다라는 것은 몹시 변덕스러운 것이어서 마
음을 놓을 수는 없지만 신이 인도해주실 것입니다. 왕께서 가실 때
도 신께서 그곳을 예정해주셨습니다."

부루의 시선이 세오녀의 바늘 끝을 따라갔다.

"그것이 무엇이옵니까?"

"삼족오이니라."

"삼족오라면 발이 세 개인 까마귀가 아니옵니까."

"태양 속에서 사는 빛을 열어주시는 신이시다. 또한 우리의 조상
이 시작되던 태초부터, 단군 어른이 멀리 요동에서 나라를 세우셨
던 고조선부터 모시던 신이시다."

불의 왕이며 태양의 신녀인 연오와 세오녀의 이름에도 '오'가 들
어 있었다는 것을 금단은 새삼 깨달았다.

"참으로 고귀한 새이군요."

부루가 고개를 끄덕였다. 문득 세오녀의 손이 멈추었다. 바늘을 든 손이 허공에 들려 있었다. 시간이 멈춘 듯했다. 잠시 후 세오녀가 길게 한숨을 내뱉었다.

"태양이 사라질 것이다."

부루의 눈이 휘둥그레졌다. 다소곳하게 옆을 지키고 있던 금단도 고개를 번쩍 들었다.

"하늘이 어두워지고 태양이 힘을 잃을 것이다. 폭풍이 불고 이상한 징조들이 나타날 것이다. 사로국 이사금은 크게 놀라게 될 것이다."

"무슨 말씀이온지?"

"허나 당황할 필요 없다. 곧 모든 것이 원래대로 돌아올 것이다."

세오녀는 더 말하지 않고 고개를 숙여 바늘을 들고 비단에 수를 놓기 시작하였다. 고개 숙인 옆얼굴은 더 이상 시간을 빼앗기고 싶지 않다는 의지를 보여주고 있었다.

"그만 나가주시지요."

세오녀의 뜻을 읽은 금단이 부루에게 말했다. 부루는 묻고 싶은 것이 많은 얼굴로 입을 달싹대다 금단이 손을 저어 제지하자 어쩔 수 없다는 듯 고개를 한 번 휘젓고 선실을 나갔다.

밤이 깊어가도 세오녀는 수놓기를 멈추지 않았다.

"신녀님이 태양을 안고 오신 것입니까?"

금단이 조심스레 입을 떼었다.

"사로국은 어떻게 되는 겁니까? 단군님이 내리신 땅은 어떻게 되는 것입니까? 그곳에 사는 이들은 어떻게 되는 것입니까?"

"내 조상의 뼈가 묻힌 땅에 태양이 힘을 잃는 것은 원하는 바가 아니다."

"신녀님은 돌아가시지 않는다 하시지 않으셨습니까?"

세오녀의 손끝을 쳐다보던 금단이 그때 아, 짧게 소리를 내뱉었다. 둥근 수틀 안에 팽팽하게 당겨진 붉은 비단과 그 한중간에 날개를 펼치고 있는 삼족오!

"태양의 정기를 안은 비단과 삼족오. 거기에 신녀님이 이렇듯 모든 기를 담고 계시는 것은? 혹시…… 그것이옵니까?"

세오녀의 대답은 들을 수 없었다. 이후 오랫동안 금단은 천을 뚫고 분주하게 드나드는 바늘 소리만 들었다. 새벽이 오고 있었다. 세오녀가 바늘을 멈추었다. 실의 매듭을 짓고 바늘을 빼서 쌈지에 꽂았다. 수틀을 빼고 비단을 활짝 펼쳤다. 금단은 비단 위에 선명하게 모습을 드러낸 삼족오를 경이롭게 보았다. 세오녀가 말했다.

"나는 태양신께 새로운 세상에 빛을 열라는 명을 받았다. 태양은 어느 누구의 것도 아니라 하셨다. 신전의 힘을 잠시 빌리긴 하지만 태양은 여전히 우리 조상의 땅을 지켜줄 것이고 삼족오는 그 약속의 징표이다."

"신녀님이 비단을 안고 조상의 땅을 떠났는데 삼족오가 어떻게 그 약속을 지킬 수 있사옵니까."

후드득, 세오녀가 대답대신 붉은 비단을 흔들었다. 그때였다. 금단은 세오녀의 비단에서 삼족오가 푸덕푸덕 날갯짓을 하는 것을 보았다. 검은 날개가 움직일 때마다 찬란한 빛이 금가루처럼 사방으로 뿌려졌다. 헉, 금단은 숨을 멈추었다.

세오녀가 퍼덕이는 삼족오를 두 손으로 받쳐 올리며 몸을 일으켰다. 삼족오는 세 개의 발로 세오녀의 손등에 올라앉았다. 세오녀가 선실을 나가고서야 간신히 정신을 수습한 금단은 얼른 뒤를 따랐다. 온종일 노를 젓던 노꾼들은 잠들어 있었다. 바다는 잔잔했고 배는 해류를 타고 조용히 흘러가고 있었다. 선창 밑 부분에 누워 잠든 부루가 어둠 속에 보였다. 잠의 여신이 배를 감싸고 있는 듯 깨어 있는 사람은 세오녀와 금단뿐이었다.

동쪽 하늘이 벌게지고 있었다. 바다 아래에서부터 해가 용틀임하고 있었다. 붉고 노랗고 보랏빛이 어두운 하늘을 휘감고 소용돌이쳤다. 하늘이 피처럼 붉어지면서 바다는 태양을 토해냈다. 세오녀가 태양을 향해 삼족오를 들어 올렸다.

"날아가거라. 내 뼈와 살의 땅으로 힘차게 날아가거라. 네가 태어나고 생겨난 바람과 흙과 물을 기억하라. 바람이 어디서 어디로 불었는지, 바다는 어디서 어디로 흘러갔는지 우리는 어디서 왔다가 어떻게 바뀌었는지 잊지 마라. 날아올라라. 힘차게 하늘로 날아올라 태양의 시작이 어디였는지 알려주어라."

세오녀는 하늘로 삼족오를 힘껏 던졌다. 삼족오가 힘차게 날개를 펼쳤다. 금단이 태어나고 세오녀가 태어나고 연오가 태어나고 단군왕검 한아버님이 문을 연 땅. 삼족오는 활짝 날개를 펴고 바다를 가로질러 조상들의 뼈가 묻힌 땅을 향해 힘차게 날아가고 있었

다. 가슴이 벅차올랐다. 그렁대는 눈물 속에 태양은 찬란했고 삼족
오는 넘실대는 파도를 모두 덮을 듯 크고 아름다웠다.

• 참고 자료
일연, 『삼국유사』
오노 야스마로, 『고사기』

『무한의 오로라』에 나타난 타자 윤리학

이덕화

1. 들어가는 말

레비나스는 윤리학의 중요한 목표는 자아 중심의 가치 철학에 있는 것이 아니라 타인 중심적인 타자윤리를 실천하는 것에 있음을 역설한 유대인 철학자이다. 즉 타인의 얼굴은 신과 우주의 얼굴이며 사회의 얼굴이며 바로 나의 얼굴이라는 것이다. 그 타자에 대한 윤리적 책임성이 나의 나 됨, 즉 나의 주체성을 구성하는 근본임을 역설한다.[1] 레비나스뿐만 아니라 파농도 인간은 그 자신의 존재를 타인을 통해 승인받고자 노출한다는 것이다. 그 자신이 타인에 의해 효과적으로 승인받지 못하는 한 그 자신의 행동을 주관하는 주체는 타인이 된다는 것이다. 인간이 그 자신의 인간적 가치와 실체를 의탁하는 대상은 바로 타자라는 존재이고 타자의 승인이기 때문이다. 그런 타자를 통

[1] 윤대선,『차이와 타자』, 문학과 지성사, 2008. 139~160쪽.

해 그 자신의 삶도 하나의 의미로 응축된다는 것이다.[2] 장자 역시 '나'
란 단지 비어 있는 형식, 타자들이 묵고 돌아가는 여인숙과 같은 곳에
지나지 않는다고 했다.[3] 스피노자 역시 우리에게 가장 좋은 상태는 우
리의 이익이 타인의 이익이 되는 상태, 즉 본성에 있어 일치하는 상태
라고 했다.[4]

　이하언의 창작집 『무한의 오로라』에 나타난 작가 의식은 타자에 대
한 책임감으로 드러난다. 그것은 가족, 혹은 자신이 몸담고 있는 국
가 등 다양한 형태로 나타난다. 타자에 대한 책임감은 모든 것이 박탈
된 궁핍한 '얼굴', 고통받는 '얼굴'의 모습으로 각인된 타자에 대한 책
임감으로 나타나기도 하지만, 우리가 수호해야 할 민족, 국가, 조상의
땅으로 드러나기도 한다. 「개」에서는 개로, 「무한의 오로라」에서는 헤
어진 옛 애인, 「임금님 귀는 당나귀 귀」에서는 초점인물, 「특수임무 수
행」부터는 국가, 「풀잎」에서는 작가의 대타자라고 할 수 있는 힘없는
민중, 「광야에 서다」에서는 민족, 「태양을 품은 여인」에서는 조상의 땅
이었다.

　이하언의 『무한의 오로라』에서 타자의 개념은 주체의 존재를 초월
해 타자를 염려의 대상으로 삼는, 모든 대상을 타자로 지칭하기로 한
다. 또 우리가 지각하고 있는 현실적인 세계가 아니라 불가시적 세계
의 선험적 타자라도 우리의 삶에 영향을 미쳐 주체에게 영향을 미치

2　파농, 『검은 피부 하얀 가면』, 이석호 역, 인간사랑, 1998, 216쪽.
3　강신주, 『장자, 타자와의 소통과 주체의 변형』, 태학사, 2003, 54쪽.
4　이수영, 『에티카, 자유와 긍정의 철학』, 오월의봄, 2017, 296쪽.

는 경우, 타자로 설정한다.

2. 궁핍한 얼굴, 고통 받는 타자

레비나스뿐만 아니라 들뢰즈도 주체의 시간 의식은 타자의 개입을 통해서 비로소 발생한다는 점을 명시하고 있다. 즉 타자는 우리 인식에 있어서 산만한 지각들을 조직해 하나의 대상으로 구성하고 시간화를 가능케 할 뿐만 아니라 더 근본적으로는 세계 질서의 조직에 관여한다는 것이다.

「개」에서 초점인물은 아버지에 대한 그리움으로 아버지가 철근 공사를 맡았던, 아버지의 자랑인 동시에 당시 세계에서 최고 높은 건물이었던 말레이시아의 페트로나스 트윈 빌딩을 방문하던 도중 만난 개에게 사로잡히게 된다. 그것은 모든 것을 박탈당한 궁핍한 얼굴, 고통받는 얼굴로 다가온 대상, 자신이 구출하지 않으면 죽음으로 이어질 수 있다는 책임감으로부터 온다. 그 책임감은 몇 년 전에 화장실에 갇혀 추위와 굶주림으로 죽은 동생의 '언니' 하고 호소하는 목소리와 오버랩되면서 더욱더 강렬해진다.

초점인물은 숙소를 찾아가던 도중, 공사 중인 구덩이에서 흘러나오는 낑낑거리는 신음소리를 듣고 잡풀로 뒤덮여 아무것도 보이지 않는 어둠 속에서 반짝이는 눈과 마주친다. 자신의 힘으로는 도저히 개를 구출하기 힘들어서 지나가는 몇 명의 사람에게 도움을 요청했지만, 무슬림은 종교적 신념에 따라 개를 만지고 싶어하지 않는다며 오히려 불쾌해한다. 그 사람들을 통해, 화장실에서 배고픔과 추위로 떨

고 있는 동생 달희의 호소를 엄마의 엄한 명령 때문에 거절했고, 달
희의 죽음으로 이어진 사건을 떠올린다. 지진아인 달희는 이불에 똥
오줌을 싸는 버릇이 있었고, 그 버릇을 고치려면 화장실에서 꺼내주
면 안 된다는 어머니의 말을 거절하지 못해, 귀중한 생명을 죽음으로
내몰았다는 죄책감은 개를 살려야겠다는 책임감으로 확대, 개에게
사로잡힌 자가 되었다. 이것은 동생 달희를 잃은 아픔이며, 개를 살
려야겠다는 책임감이 현재 가장 삶의 원초적인 갈망으로 자리한다.

> 밤이 찾아왔다. 완벽한 암흑이었다. 올려다보는 하늘에 별은 유
> 난히 총총했다. 강아지는 어둠 속에 파묻혀버렸지만 따뜻한 체온
> 으로 자신의 존재를 알려주고 있었다. 툭툭, 뛰는 심장 소리도 들
> 렸다. 길게 꼬리를 남기며 별똥별이 떨어지고 있었다.
> 눈이 자꾸 감겼다. 피곤했다. 나는 강아지를 안은 팔에 조금 더
> 힘을 주었다. 따뜻하고 편안했다.
> 오늘은 푹 잠들 수 있을 거 같았다. (34쪽)

위의 인용문에서 볼 수 있듯이 초점인물은 자신의 존재를 철저히
강아지에게 개방, 강아지와 혼연일체가 된다. 누구도 구원의 손길을
뻗을 수 없는 암흑 속의 구덩이 속에서, 개와 일체가 되어 자신의 체
온으로 개를 살리려는 의지는, 죽음을 초월한 삶의 확장을 보여준다.
동시에 이것은 무한자가 현시하는 세계의 확장이다. 지진아인 동생
달희나 어떤 것에도 의지할 수 없는 고립무원 상태인 강아지는, 박탈
된 궁핍한 얼굴이며 고통 받는 얼굴의 모습이다.
이런 작가의 의식은「무한의 오로라」에서 화자의 헤어진 애인이 식

물인간 상태에서 가상 세계와 연결되는 '무한한'의 세계로 이어져간다. '나'는 한때 사귀다가 부모의 반대로 헤어진 애인 '혜진'이 병원에 입원해 있다는 연락을 받고 병원을 찾는다. 식물인간이 된 혜진은 「개」의 강아지나 지진아 동생 달희와 마찬가지로 고통받는 얼굴의 타자이다. 고아라는 이유로 '나'의 부모가 반대하자 혜진은 '나'와 헤어져 다른 남자와 결혼했으나 불행한 결혼 생활 끝에 아이를 잃고 자살 미수, 끝내 식물인간으로 입원한 상태였다. 옛 애인에 대한 연민과 슬픔은 곧 식물인간이 된 혜진에 대한 책임감으로 나타난다. 옛 관계를 회복하고 싶은 강한 열망 또한 가지고 있다. '나'의 욕망은 타자인 혜진을 통해서만 활동이 개시되며, 혜진을 통해서만 스스로를 인식한다. 처음에 혜진과의 관계 회복이 큰 열망으로 자리 잡았지만, 식물인간인 혜진과의 접촉이 가상 세계에서조차 불가능함을 알고 스스로의 욕망을 내려놓고 곧 혜진 자체의 행복을 지켜주어야 한다는 의식으로 발전한다.

헤어짐과 못다 한 사랑에 대한 안타까움은 의식이 없는 환자를 한 번이라도 만나고 싶은 강렬한 절실함으로 나타난다. 그 절실함으로 '나'는 혜진으로 하여금 뇌파를 이용해 자신이 다니는 게임 회사가 개발한 메타버스 프로그램에 접속하여 가상 세계에 들어서게 한다. 불가능한 것이 없는 무한한의 세계에서는 건강했을 때의 혜진의 모습이 복원되고 혜진이 가장 행복했던 시절이 재현된다. '나' 역시 개발자의 아이디로 접속, 혜진의 아바타와 접촉하려고 하나, 직접 뇌파로 들어온 혜진과 로그인해서 들어온 자신은 접속 루트가 달라서 만남이 이루어지지 못한다. 혜진과 소통하고 싶어 하던 처음의 기대를 포기하고 혜진의 행복 그 자체만을 지켜주기로 결심하지만, 친구의 방해로 그마저도 무산된다. 자신이 가상공간에 있고 식물인간 상태임을 인식한 혜진은 마지막으로 반짝 의식이 돌아와 '나'와 이별하고 세상을 떠난다.

「임금님 귀는 당나귀 귀」는 아무리 숨기려 해도 비밀을 유지할 수 없음을 이야기하는 옛 우화를 패러디한 작품이다. 소설 속의 '나'는 신춘문예 최종 심사에서 떨어진 자신의 작품이 다른 문예지에 번연히 발표되었고 그 사실을 모른 척 넘겨야 할지, 법적인 문제를 제기해야 할지 고통 속에 있다. 그런 고통은 귀의 가려움증으로 오고 매번 볼 때마다 귀가 커지고 있다는 환각을 가진다. 사생아로 태어나 어머니와 외숙모 가족에게서 소외되었던 성장기, 그리고 표절 사건으로 인한 자존감 상실과 심리적 혼란은 귀의 가려움증과 귀가 커진다는 착각으로 온다.

이 작품은 자신 속의 타자를 향한 서사이다. 사생아이고 어머니로부터 버림받았다는 자기 서사는 자기 소외로 이어지고, 자신 구원의 서사가 된다. 작품의 서사는 세 방향으로 진행된다. 첫 번째는 사생아인 나의 탄생부터 어떻게 소외되어왔는가를 서술한 부분, 두 번째는 회신 메일로 오는 표절 문제에 대한 답변. 세 번째는 투우 해설자에 관한 글을 쓰기 위해 인터뷰하는 장면이다. 이 세 부분은 이 작품에서 서로 유기적인 관계를 가진다. 첫 번째 서사는 문제의 핵심인물을 제외한 주위 사람들의 말들에 의해 삶이 방향이 지어진다는 모순을, 두 번째는 그 모순의 예로서 표절 문제를, 세 번째 서사는 인간이 소를 다룰 때 소의 관점이 아닌, 인간의 관점에서 소를 읽으려는 오류에 대한 지적이다.

어머니는커녕 누구에게도 환영받지 못한 존재였다는 사실로 자신으로부터 강한 소외감을 유발, 자신 속의 타자를 만들어낸다. 더 큰 소외는 당사자를 무시한 주위 사람들의 말들이다. 한 인간의 중요한 생명의 존엄성은 아랑곳없이, 지나가는 가십 정도로 떠들어대는 주위 사람들의 말들에 의해서 더 큰 소외, 타자화가 일어난다.

> 그리고 보니 귀가 가려웠던 것은 아주 어린 때부터였던 것 같다. 나는 수시로 새끼손가락으로 귀를 후비곤 했다.
> 낳고 나니 다들 남 주라고 하더구나. 애비 없는 새끼 못 키운다고. 넌 모를 거다. 아무도 축하해주지 않는 새끼를 낳기 위해 진통을 겪던 내 심정을. 어쨌건 낳아버렸으니 키워보자 마음도 먹었다. 그러자니 내가 얼마나 모질게 살아야 했는지.(114쪽)

위의 인용문에서 보여주는 것처럼, 한 인간의 생사 여부를 판별하는 존재의 문제나 그 작가의 정체성을 가늠하는 작품의 표절 문제가 본질적인 문제를 벗어난 주변적인 것에 의해서 결정된다면, 혼란은 가중될 것이다. 들려오는 말들은 말이 아니라 소음일 것이다. 진실을 가린 소음은 가려움증을 유발하고 갈수록 늘어나는 주위 말들을 듣기 위해 귀는 더 점점 자라야 할 것이다. 진실을 숨기고 주변인으로서 견뎌내어야 하는 고통으로 귀가 자라나고 있다는 환상까지 가지게 된다. 자신의 실제 소외를 통한 경험에 의해서 자신을 주변인으로 타자화하면서 점점 더 소외에 빠진다.

타자를 대면할 때에야 비로소 우리는 자기 자신을 되돌아보고 새로운 미지의 세계로 나아갈 수 있는 발판을 마련하게 된다. 이런 의미에서 내 안의 타자든, 바깥의 타자든 환대받아야 하는 존재이며, 가난하고 궁핍한 얼굴을 한 타자가 있다면 그것에 대한 책임으로부터 자유롭지 못하다. 「개」에서 그 나라 무슬림들조차 모두 외면하는 강아지를 품을 수 있는 것은 자신의 모든 것을, 생명의 위험까지도 강아지의 구출을 위해서 내던졌기 때문에 가능한 것이다. 「무한의 오로라」에서는 '나'와 혜진과의 행복을 바라는 것은 자신의 이기적 욕구에 의한 것임을 깨닫는다. 그것은 '나'의 깨어짐이며, 새로운 주체로서 탄생이다. 자신을 해체함으로써 진정한 혜진의 행복을 빌어줄 수 있었던 것이다. 「임금님 귀는 당나귀 귀」에서 싸움소가 그렇게 주인에게 복종하는 것은 그런 신뢰를 주인이 주었기 때문이다. 주인을 신뢰하기 때문에 강제적이고 폭력적인 것까지 참는 것이다. 자신의 이기적 주체를 위한 내적 자아가 아니라 타자지향적인 외적 자아에 의해서 개방할 때에야 비로소 주체로서 탄생된다.

3. 상징적 아버지로서의 대타자

라캉에 의하면 대타자(Autre)는 언어 상징계를 말한다. 상징적 아버지라고 말하기도 한다. 우리가 따라야 하는 법, 윤리적 세계 혹은 국가 등 우리가 발화하는 언어에 내포되어 있는 규칙과 금지의 세계이다. 우리가 상징계 속에 속해 있는 한 따라야 하는 국가 혹은 공동체를 말하기도 한다.

「특수임무 수행」에서는 궁핍한 얼굴로 환대받아야 할 존재, 베트남 다낭에서 와서 '나'와 결혼한 미란이 있고, 북파공작원으로 특수 임무를 수행한 것이 평생의 자존심이고 자랑이면서, 국가로부터 제대로 대우받지 못한 울분에 차 있는 아버지가 있다. 아버지의 삶을 가장 활기차게 했던 전쟁과 북파공작원이었던 그 시간은, 전쟁이 끝난 일상 속에서 텔레비전 화면을 통해서 지속된다. 지독한 아토피 피부염과 비염으로 군대를 면제받고 겨우 참외 농사로 연명하는 아들 '나'는 아버지의 주홍글씨이다. 또 아버지의 영웅적 업적을 제대로 대우하지 않는 국가도 지워버리고 싶은 현실이다. 아버지는 텔레비전으로 보는 전쟁영화 화면 속에서 찬란했던 과거를 복원할 수밖에 없다. 아버지에게 특수임무 수행은 과거의 사건이지만, 치열하게 살아왔던 삶의 징표이며 자랑이었다. 늦게라도 보상금을 받아 체면은 세웠지만, 그나마 미란이 보상금을 챙겨 도망갔다. 도망친 미란을 구출해야 하는 것은 '나'의 현재 수행해야 할 특수임무인 것이다.

이 작품에서는 타인을 지향하는 사는 삶 중에서도 대타자인 국가를 위한 삶이 가장 정점에 있다. 대타자는 개인의 삶을 틀어쥐고 있는 보이지 않는 국가이다. 국가는 아버지의 삶을 영광스럽게도 하고 치욕스럽게도 한다. 베트남 전쟁 당시 한국 군인들에게 대대로 농락당한 피해자인 미란 역시 국가를 대신하여 누구에게라도 환대받을 존재이다. 환대받아야 할 타자나 대타자인 국가에 의해서, '나'나 아버지는 농락당하고 일상은 무너지고 새롭게 세워지기도 한다.

이런 점은 「풀꽃」에서도 마찬가지이다. 「풀꽃」은 실제 과거 있었던 사건을 바탕으로 한 서사이다. 그 당시의 국가수반이 권력을 장악, 민심을 교란하고 자신의 이기적 욕망을 키워나가기 위해 현실을 왜곡하고 호도한 사건, 문인 간첩 사건을 중심으로 서사가 전개된다. 권력자들은 글이 가지고 있는 힘과 파생력을 두려워하기 때문에 권력을 유지하는 데 문제가 발생하면 건드리는 것이 지식인이나 문인들이다. 이 작품에서 타자들은 힘없는 민초들이다. 용의주도한 정보망과 권력의 암투 속에서 희생자를 만들어 권력의 파이를 더 키워나가기 위해, 갈수록 조여드는 현실에서 희생당하는 민초들은 움츠러들 수밖에 없다. 그러는 가운데 용감하게 권력자의 잘못을 지적하고, 올바른 소리로 현실을 직시하는 이 작품의 화자 정은의 형부 같은 사람은 타자지향적인 삶을 살아가는 인물이다.

대타자인 상징적 아버지로서 국가의 역할은 민초들이 마음껏 활개를 펴고 역량을 키울 수 있게 해주는 것이다. 그러나 아버지의 대리자들은 그 역할을 권력으로 착각, 더 큰 권력을 더 장기간 누리려고 한다. 민초들을 권력의 발아래 숨도 쉴 수 없게 짓밟지 말고, 마음껏 생명력을 가지고 뻗어나갈 수 있게 해주는 것이 아버지의 대리자, 권력자가 해야 할 일이다.

정은은 화분을 창문 가까이 옮겨주었다. 봄비를 맞는 잡초는 눈에 뜨이게 싱싱해졌다. 욕심껏 제 생명을 더 많이 퍼트릴 준비를 하는 잡초를 보며 정은은 처음으로 그들의 생명력이 참 아름답다는 생각이 들었다.(164쪽)

이 마지막 문장은 권력자가 환대해야 할 민초들을 묘사한 것이다. 국가는 권력을 손에 쥔 권력자의 손에 의해서 왜곡된, 훼손된 현실이지만, 올바른 국가관에 의해서 새롭게 거듭나야 한다. 민초들인 풀꽃이 자신이 가진 생명력을 힘껏 펼치기 위해서는 왜곡된 현실에 대항해야 한다. 이 작품의 정은의 형부가 문인 간첩단 사건의 증인으로 법정에 선 것은 왜곡된 현실을 바로잡기 위한 것이다

「광야에 서다」나 「태양을 품은 여인」 두 작품 다 대타자인 국가의 중요성을 역설한 작품이다. 「광야에 서다」는 일본 제국주의가 시작되던 시기 무장투쟁 운동에 관한 서사이다. 초점인물을 중심으로 무장투쟁 운동의 갈래와 성과, 러시아의 개입으로 분쟁과 혼란을 일으키는 실제 사건을 서사화하고 있다. 「태양을 품은 여인」은 『삼국사기』에 실린 신라 시대의 설화, 연오랑 세오녀 부부의 서사를 새롭게 리메이크한 작품이다.

「광야에 서다」는 일본 제국주의 초창기, 청산리전투나 봉오동전투를 통해 한참 기치를 올리던 무장투쟁 운동 세력이 러시아 적군의 개입으로 궤멸당함으로써 사실상 민족 독립운동이 해체되는 위기의 사건을 서사화한 작품이다. 초점인물이 무장투쟁 독립운동 중 가장 중요한 김좌진 장군이 이끄는 청산리전투에 참여해, 일본 군대에 대항 크게 성과를 올렸던 당시와는 다르게, 러시아군의 개입으로 같은 민족의 일원들이 대치 관계 속에서 갈등을 일으키는 서사이다. 그 당시 공산주의 계열의 부대가 이합집산을 겪으면서, 민족의 무장투쟁이 나락으로 떨어지는 계기로 작용하는 서사로 아무리 갈등 속에 있어도, 같은 정서를 공유한 민족은 일치 단결해야 함을 역설한다.

이 작품 속 초점인물의 어머니가 역설한 것처럼 보호막이 되어주어야 하는 국가는 한 개인을 위해 아무 해준 것이 없다. 오히려 남의

땅 연해주까지 쫓겨와서 살아야 하는 버림받은 백성이 국가를 위해서 목숨을 걸고 출정할 필요는 없다. 국가는 국민을 지키는 것만으로도 큰 소임을 하는 것이다. 국가는 우리에게 공기와 같은 존재이다. 우리가 생명이 있는 한 가장 중요한 산소의 가치를 일상 속에서는 그다지 인식하면서 살고 있지는 않지만, 산소가 부족한 고산지대를 가면 산소의 가치를 새롭게 인식한다. 마찬가지로 대타자는 바로 우리가 살아가는 한 꼭 필요한 산소와 같은 것이다.

「특수임무 수행」 「풀꽃」 「광야에 서다」 「태양을 품은 여인」 네 작품에서 개인적 가치를 중시하는 내적 자아나 민족이나 국가적 가치를 중시하는 외적 자아는 분열되어 나타나는 것이 아니라 통합되어 나타난다. 「특수임무 수행」에서는 국가를 위해 북한까지 가서 특수임무를 수행했던 아버지, 위험에 처해 있는 베트남 아내 미란을 구출해야겠다는 초점인물, 두 사람 모두 자기 자신보다는 타자지향적인 삶을 살고 있는 인물이다. 타자지향적이라는 말은 타자 윤리학에서 타자에 의해 주체를 개방시키는 존재의 본질을 보여주는 인물이다. 여기서 주체는 타자로서 호환되는 복수적인 실체이다. 즉 아버지에게 국가나, '나'에게 있어 미란은 주체를 제3자화 시킨 주체의 타자들이다.

「풀꽃」에서 정은이나 형부 역시 국가 혹은 국가의 상징 민초 등 대타자로 호환되는 주체의 타자들이다. 정은이 대통령조차 개의치 않는 형부의 거리낌없는 태도로 인해 가지는 불안은 타자지향으로 완전히 열려 있는 형부에 비해, 좀 더 형부의 안일을 염려하는 가족으로서의 이기적인 욕망이 개입되어 있기 때문이다. 마지막 재판에서의 형부의 확고한 신념은 정은의 타자지향적인 삶을 새롭게 확인하는 계기로 작용한다.

「광야에 서서」 역시 두 인물이 부대 소속이 달라 대치 관계에서 서로 총질을 했지만, 민족 정서를 공유하는 한 같은 민족이고 일원임을 보여주는 서사이다.

「태양을 품은 여인」 역시 세오녀와 연오 두 인물의 의식은 통합되어 나타나고 새로운 국가에 대한 비전 역시 일체화되어 있다.

4. 나가는 말

문학 양식 중 특히 소설은 구체적인 일상 속에 투영되어 있는 작가의 신념을 반영하는 양식이다. 구체적인 디테일 속에서 드러나는 삶의 의미를 다룸으로써, 그 삶의 양식에 의해서 규정되는 작가의 사회적 신념과 가치들을 반영하기 때문이다. 관습적이면서 집단화된 행위는 그 사회의 사회적 신념이나 가치의 문제와 곧바로 연결된다. 이런 실천적인 도식들은 개인 주체에게 내면화 과정을 거쳐 행동으로 나타난다. 그것은 작가들에게는 작가 의식으로 나타난다.

"나의 욕망은 타자를 통해서만 활동하고 타자를 통해서만 대상을 포착한다"는 레비나스의 말처럼 타자 없이는 어떤 것도 욕망할 수 없다는 그 타자의 개입은 주체의 탄생을 예고하는 것이다. 즉 타자란 자신을 둘러싸고 있는 의식이며 가능 세계의 표현이며, 작가가 가야 할 세계의 무한자가 현시하는 지평이다. 『무한의 오로라』의 작품들에서 보여주는 주체는 이기적인 자신을 떠나서 신에게 받는 사랑을 실천하라는 명령을 실천하는 윤리학, 타자 윤리학의 실천의 장이다.

대부분의 여성 작가들의 작품은 일상 소쇄사(小瑣事)를 중심으로 서사가 이루어진다. 그에 비해 이하언 작가는 일상 소쇄사를 떠난 다양한 소재, 역사물조차 고대사, 현대사를 가리지 않고 서사화하는 노회(老獪)한 작가이다. 타자 윤리학을 실천하는 장으로서의 이하언의 작품들에서 보여주는 주체들은 타자에게 완전히 개방함으로써 공간과 시간을 초월한 삶의 장을 확대하고 있다.

李德和 | 소설가, 문학평론가

무한의 오로라

이 하 언   소 설 집

푸른사상 소설선